KB262384

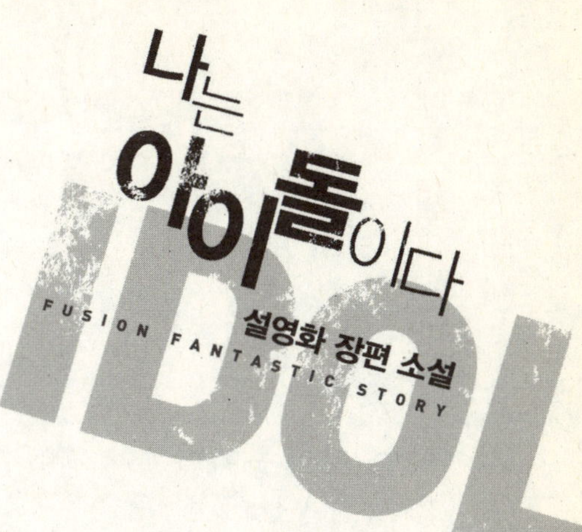

나는
이이돌이다
IDOL
FUSION FANTASTIC STORY
설영화 장편 소설

나는 아이돌이다 1

설영화 장편 소설

초판 1쇄 찍은 날 § 2013년 12월 16일
초판 1쇄 펴낸 날 § 2013년 12월 23일

지은이 § 설영화
펴낸이 § 서경석

편집부장 § 권태완
편집책임 § 정수경

펴낸곳 § 도서출판 청어람
등록번호 § 제1081-1-89호
등록일자 § 1999. 5. 31
어람번호 § 제1-1730호

주소 § 경기도 부천시 원미구 심곡2동 163-2 서경B/D 3F (우) 420-822
전화 § 032-656-4452 팩스 § 032-656-4453
http://www.chungeoram.com
E-mail § chungeorambook@daum.net

ⓒ 설영화, 2013

ISBN 978-89-251-3615-8 04810
ISBN 978-89-251-3614-1 (세트)

나는 아이돌이다

설영화 장편 소설

FUSION FANTASTIC STORY

1

IDOL

나는 IDOL
아이돌이다

CONTENTS

"다른 것은 필요 없습니다. 우리 애 사람으로 만들어주시기만 하면 됩니다."

그게 올해 열여덟 살, 이곳 MH 엔터테인먼트에 오기 일주일 전, 학교 운동장에서 '그렇다더라' 가 아닌 실제 17대 1의 업적을 가뿐하게(?) 세우신 전설의 쌈짱 김서윤 군이 MH 연습생 계약을 맺게 된 이유다.

면전에서 '우리 애 사람 좀 만들어주세요!' 란 말씀을 하신 어머니나, 옆에 앉아 연신 고개를 끄덕이고 있는 누나의 모습을 보며 서윤은 깊은 한숨을 내쉬었다.

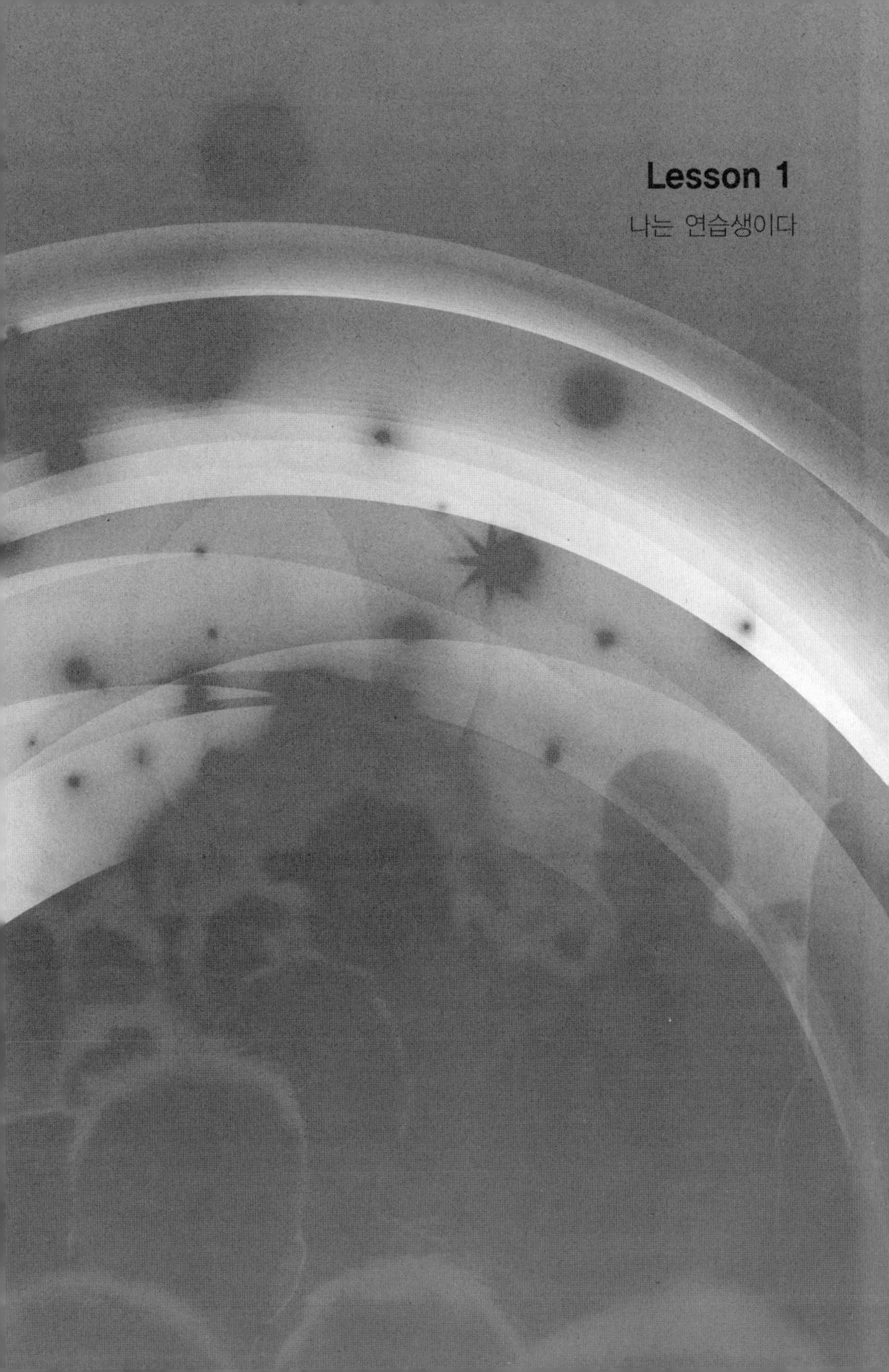
Lesson 1
나는 연습생이다

　“그럼 우리 애 잘 부탁드릴게요. 대표님만 믿겠습니다.”

　“걱정 마십시오, 어머님. 서윤이는 저희가 잘 맡아 연예계를 대표하는 스타로 키우겠습니다.”

　“사람만 만들어주시면 족합니다.”

　서윤의 모친인 이정민 여사는 재차 사람으로 만들어달라는 말을 강조하고는 자리에서 일어섰다.

　“어, 엄마.”

　“엄마는 믿는다.”

　“아니, 그게… 엄마!”

"있다가 집에서 보자. 연습 시간 끝날 때에 맞춰서 김 기사 보낼 테니, 딴 데 빠질 생각일랑 하지 마."

"아니, 이런 식으로… 누, 누나!"

너무나도 완고해 보이는 모친을 뒤로하고 여섯 살 터울의 누나에게 애처로운 시선을 보냈지만 소용없었다.

"아, 참고로 네 오토바이는 압수했으니 그리 알아. 엄마, 가요."

원수 같은 누이가 청천벽력 같은 한마디를 남기고 이정민 여사의 팔짱을 끼더니 빠른 걸음으로 사무실을 나서려 했다.

"오토바이까지 압수하는 건 너무하잖아! 누나! 아니, 누님!"

보물 1호, 오토바이를 압수당했다는 소리에 놀란 서윤이 다급히 따라나서려 했지만 그마저도 용이치 못했다.

"그만둔다는 선택지는 없어. 그리고 여기서마저 사고 쳐 봐. 그때는 오토바이는 물론, 자금줄까지 몽땅 끝장인 줄 알아."

"……."

서윤은 그 자리에 멈춰 설 수밖에 없었다.

딸칵!

서윤은 멍한 표정으로 굳게 닫힌 사무실 문을 바라보았다. 그때 그 모습을 바라보던 만호가 다가왔다.

"연습은 오늘부터라네. 열심히 하도록 하게."
"…썩을."
서윤은 고개를 푹 떨궜다.

* * *

김서윤이란 이름은 서울권 고교생들 사이에서는 전설이
다.
물론 좋은 의미는 아니다.
그에 관한 말들을 보자면.

―학교 운동장에서 벌인 진짜배기 17대 1의 전설!
―조직 폭력배도 어쩌지 못하는 타고난 싸움꾼!
―빨간 옷을 입은 날에는 다른 때보다 3배 빠르고, 3배 강
해진다(?).

그렇다고 남의 돈을 갈취하거나 술이나 담배 등 나쁜 짓을
하고 돌아다니는 것은 아니다.
출중한 싸움 실력을 바탕으로 서클을 조직하지도 않았다.
단지 시비를 걸어오면 박살을 내주었을 뿐이니까.
그런 전설을 써내려 간 서윤의 현재는?

"넌 말이야, 음색도 좋고 박자감도 좋아. 그런데 왜 실력이 이 모양이냐?"

보컬 트레이너에게 시원하게 깨지고 계신 중이다.

"한 달 정도 됐으면 그래도 좀 나아지는 모습을 보여야지."

"……."

"다음 수업은 이틀 후다. 그때에는 조금이라도 나아진 모습을 보여줘. 나가봐."

꾸벅.

서윤은 트레이너에게 꾸벅 인사를 하고 보컬 연습실을 나섰다.

"에휴."

깊은 한숨과 함께 문을 닫고 복도에 나온 서윤은 쪼그리고 앉으며 고개를 푹 숙였다.

"에이씨… 노래 못 부르는 게 죄야?"

그 모습이 자못 찌질해 보인다.

서윤은 노래를 잘 부르지는 못한다.

애초부터 노래를 좋아한 것도 아니고, 불러본 적도 없으니까.

솔직히 말하자면 그네들이 하는 말을 하나도 이해하지 못하겠다. 두성이 어쩌고, 흉성이 어쩌고… 서윤에게 있어서는 별나라 이야기일 따름이다.

“오빠?”

그렇게 얼마나 지났을까? 문득 들려온 소리에 고개를 들어 보니 예쁘장한 소녀가 서윤을 내려다보고 있었다.

눈 밑에 자리한 두둑한 애교살은 흡사 인절미를 붙여놓은 것 같다.

“아영이구나?”

힘없는 서윤의 목소리에 올해 13세의 초딩 임아영은 혀를 쯧쯧 찬다.

“그 모습을 보니 또 혼났구나?”

“어휴…….”

서윤의 시름 어린 한숨.

“그러게 연습 좀 하지.”

그 말과 함께 아영은 ‘훗’ 하고 웃더니 보컬실로 들어갔다.

그리고 30분 후.

“어휴.”

“에휴.”

서윤의 옆에 쪼그리고 앉아 무릎에 얼굴을 파묻은 채 연신 한숨을 내쉬는 존재가 있었다.

다름 아닌 30분 전에 득의만만하게 보컬실로 들어섰던 아영이었다.

“넌 뭐래?”

“발성, 호흡, 발음.”

“총체적 난국이구만, 자네.”

“그러는 오빠는!”

아영이 왠지 발끈해서 외쳤다. 그 모습이 마치 ‘오빠에게는 그런 말 듣고 싶지 않아!’ 라는 것 같은 기세였다.

하지만 그것도 잠시, 다시금 두 사람은 동시에 고개를 떨구며 한숨을 내쉬었다.

18세 김서윤, 13살 임아영.

출중한 외모로 캐스팅된 두 연습생의 여느 때와 같은 하루 일과였다.

그렇게 한참을 앉아 있던 서윤은 일어서더니, 이제는 땅바닥을 파고 들어갈 것 같은 기세의 아영을 내려보며 말했다.

“저녁 시간도 되었는데 뭐 먹으러 갈까?”

꿈틀!

순간 한없이 처져 있던 아영의 몸이 움찔거린다. 고개를 든 채 서윤의 얼굴을 올려다보는 그녀의 두 눈동자가 초롱초롱 빛나고 있었다.

“…오빠가 사주는 거야?”

“그라.”

“헤헷! 돈 굳었다. 이따가 집에 갈 때 오락실 들렀다 가야지.”

“에휴.”

서윤은 한숨이 느는 것 같다는 생각을 하며 아영과 함께 복도를 걸었다. 그때, 두 사람의 앞을 가로막는 존재가 있었다.

“요오! 어딜 가시나?”

까무잡잡한 피부에 큰 눈. 유독 길쭉길쭉한 팔다리가 특징인 소녀.

“뭐야? 수아냐?”

서윤의 심드렁한 말에 소녀 최수아는 발끈한다.

“뭐야? 그 심드렁한 표정은!”

“아니, 아무것도.”

“오빠, 밥 먹으러 가?”

“이 양심도 없는 꼬맹이 녀석. 오늘도 붙어먹으려고?”

서윤의 말에 수아는 사람 좋은 미소를 짓더니 얼른 그의 옆에 와서 찰싹 붙는다.

“뚜아, 오늘 피자 먹고 시포요!”

된소리로 자신의 이름을 지칭하는 수아의 모습에 서윤이 질색을 한다.

“너 제발 그 말투 어떻게 안 되냐?”

“뚜아 피자!”

“나두 피자 먹고 싶은데~”

그에 동조하듯 아영 역시 한껏 콧소리를 내며 앙탈을 부리기 시작한다.

"어휴."

결국 서윤은 한숨을 내쉬며 고개를 끄덕였다. 그러자 양옆에서 환호성이 스테레오로 터져 나왔다.

서윤은 한숨을 내쉬었다.

처음에는 '어린 것들이 무슨 돈이 있겠어?' 란 생각으로 밥을 사주었을 뿐이다.

그리고 몇 번 아이스크림을 사주고, 떡볶이도 사주고…….

'어째서 이렇게 된 거지?

전설의 쌈짱.

17대 1의 주인공.

조직 폭력배도 어쩌지 못하는 사나이 김서윤의 현재는 초딩 악동들의 밥 셔틀이다.

와구와구!

왁왁!

서윤은 빨대로 콜라를 빨아올리며 전투적으로 피자를 먹고 있는 아영과 수아를 바라보았다.

"너희 위는 블랙홀이냐?"

"숙녀에게 그런 실례되는 말을!"

"맞아!"

발끈해서 외치는 두 사람의 모습에 서윤은 히죽 웃었다.

"그런 말은 입 주위나 닦고 하시지?"

"윽!"

서윤의 말에 두 사람은 살짝 얼굴을 붉히며 얼른 냅킨으로 입 주위를 닦았다.

MH에 들어온 지 한 달가량.

서윤은 그간 있었던 일을 생각해 보았다.

'그래, 그게 실수였던 거지.'

석 달 전이었나?

소위 말하는 길거리 캐스팅이었다.

당시에는 별 생각 없이 받은 명함을 가족에게 자랑이랍시고 보여줬었다.

그때만 하더라도 가족들 역시 별 반응을 보이지 않았는데, 이런 식으로 꼬이게 될 줄이야.

툭툭.

그렇게 얼마나 상념에 빠져 있었을까?

문득 옆구리를 찔러오는 느낌에 고개를 돌려보니 수아와 아영이 헤실거리며 웃고 있었다.

이미 테이블 위의 피자는 모두 두 악동의 배 안쪽으로 소멸한 상태.

"뭐냐?"

"뚜아는 스파게티도 먹고 시포요!"

"나도 먹고 싶은데~"

"헐."

항상 생각하는 것이지만 이 두 악동의 먹성은 감당이 안 될 정도다.

"끄억! 오빠 잘 먹었어."

"나도."

뜻한 바를 이룬 후이기 때문일까?

피자홈을 나서기가 무섭게 존댓말에서 반말로 전환하는 두 명의 모습이 가증스럽기 그지없다.

꼬맹이 둘이서 먹어치운 액수만 해도 근 6만 원이다.

여타의 고등학생이라면 염통이 쫄깃해질 만큼 큰 지출이지만 서윤에게는 감흥을 주지 못하는 듯했다.

까놓고 말하자면 부모 잘 만난 케이스다.

"가자, 가. 저녁 연습 시간 다 되어간다."

계약 당시 어머니와 누이의 '우리 애 사람 좀 만들어주세요!' 란 간청 때문일까?

MH의 특별 관리 대상인 서윤이었기에 아이들을 재촉한다.

사고를 치거나 불성실한 모습을 보이면 바로 부모님에게 연락이 간다. 그러면 압수당한 오토바이는 중고 시장으로 갈 것이며 현금, 카드는 모두 빼앗기고 말겠지.

"내 팔자야."

서윤은 침울한 어조로 읊조리며 저 멀리 보이는 창살 없는 감옥을 향해 터덜터덜 걷기 시작했다.

감옥으로 들어온 세 사람은 곧장 헤어졌다.

3층은 한 곳을 제외하고는 여자 연습생들의 연습실이다. 그리고 그중에서도 서윤이 향하는 곳은 3층 맨 가장자리에 있는 남자 기초반이었다.

연습실 문을 열고 들어가자 스트레칭을 하며 몸을 풀던 기초반 연습생들의 시선이 서윤에게 집중되었다.

그때 벽 한편에 앉은 채 다리를 찢고 있던 연습생 한 명이 주춤거리며 다가왔다.

"형, 식사하셨어요?"

"어."

서윤이 고개를 끄덕이자 연습생은 조심스럽게, 하지만 눈이라도 마주칠까 눈동자를 이리저리 굴리며 입을 열었다.

"그, 그게요… 형 오늘부터 4층 연습실로 가라고 트레이너님이 말씀하셨는데요."

"그래?"

아마도 기초는 끝냈으니 이제 정식 연습실로 가라는 것이리라.

서윤은 어딘지 모르게 거만한 표정을 지으며 기초반의 꼬꼬마들을 슥 둘러보았다. 그리고 잘난 듯한 어조로 말했다.

"열심히들 좀 해라. 형 봐라. 한 달 만에 기초 떼고 가잖아?"

"……."

"나는 간다."

탁!

서윤이 연습실을 나서고 문이 닫혔다. 뚜벅거리는 발걸음 소리가 점차 멀어지다 이내 들리지 않게 되었을 무렵.

"우와."

"아이고, 살았다. 이제 숨 좀 쉬겠네."

"오줌 지릴 뻔했네."

"겨우 오줌? 난 똥 쌀 뻔했어."

연습생들이 홀가분하다는 듯 말했다.

물론 그 와중에도 소심하게 목소리를 높이지 못하는 것이 찌질함의 온상이었다.

나름대로 성질 죽이고 성실하게 생활하고 있다고 자부하던 서윤. 그가 이 연습실에서 어떤 위치였는지 알 수 있는 한 단면이었다.

한편 4층 연습실에 도착한 서윤은 거칠 것 없다는 듯 문을 열고 안으로 들어섰다.

스윽.

그와 동시에 정식반 연습생들의 시선이 서윤에게 집중되었다. 그들의 표정은 '뭐냐? 저 듣보잡은?' 이란 느낌이었다.

"김서윤입니다."

그래도 첫 만남이라고 미소를 지으며 그네들에게 인사를 건넸다.

뭐랄까?

이 연습실의 분위기는 기초반 때와는 좀 달랐다. 하지만 그래 봤자 서윤이 그런 것에 신경 쓸 위인이던가?

그가 자리를 잡고 몸을 풀 때쯤이었다.

문득 한 명이 서윤에게 다가왔다.

서윤은 또래로 보이는 사내를 '뭐야? 이 자식?' 이란 표정으로 바라보았다.

왠지 모르게 차가워 보이는 인상의 연습생은 서윤을 바라보다가 대뜸 입을 열었다.

"초면에 죄송한데요."

"……?"

"연습 몇 번 하다가 금방 나갈 거면 때려치우세요."

"뭐, 병신아?"

"…네?"

올해 17세, 전라도 광주를 오고가는 연습생 정윤수 군.

그는 속된 말로 쫄았다.

"지금 뭐라고 했니?"

서윤은 빙긋 미소를 지으며 간을 배 밖으로 꺼내놓은 것으로도 모자라 집에 놓고 온 듣보잡에게 물었다.

"아, 아니… 그게."

솔직히 남자들 사이에는 그런 것이 있다.

초반 기세 싸움이랄까?

그리고 전설의 싸움짱이신 김서윤 군은 그 점에 있어서는 도가 트신 양반이다.

"그것보다… 몇 살?"

"여, 열일곱 살… 빠, 빠른 86년생인데……."

윤수의 말에 서윤의 눈썹이 꿈틀거렸다.

"오호? 그럼 나랑 학년이 같네? 그런데 난 연수로 끊는다. 고로 나보다 한 살 어린 거야."

그리고 입가에 지어졌던 미소가 시리도록 차갑게 변모했다.

"어라? 뭐하세요?"

"네, 네?"

"어서 꿇으세요, 이 어린 노무 자식아."

"네?"

윤수는 지금 이 상황을 따라갈 수 없었다.

그는 이 MH에서 오랫동안 연습생을 해온 고참이다. 윤수보다 오래된 연습생은 그리 많지 않았다.

더욱이 그동안 몇 번이고 팀이 엎어지고, 정을 줄 만하면 포기하고 뛰쳐나간 근성 없는 녀석들에게 학을 뗀 상태.

그렇기에 초장부터 기초반에서 온 까마득한 후배 녀석의 기를 잡으려고 한마디 했는데…….

"뭐해? 내가 꿇려줘?"

잘못 건드린 것 같다라는 생각에 윤수의 얼굴은 말이 아니었다.

그리고 삼 일 후.

"윤수야."

"네, 형님."

서윤의 말에 윤수가 후다닥 달려왔다.

"이거 어떻게 하는 거냐?"

"아, 이 춤은 각이 중요해요. 근육을 튕겨준다는 느낌으로 이렇게, 이렇게."

윤수는 서윤의 말에 즉각 팝핀 댄스를 몸소 보였다. 그러자 서윤은 가만히 고개를 끄덕이고는 윤수가 한 동작을 따라 하기 시작했다.

"이렇게?"

"자, 잘하십니다, 형님!"

　그와 동시에 물개 박수를 치며 연신 극찬하기에 여념이 없는 정윤수 군의 모습은 안쓰럽기까지 하다.

　"생각보다 쉽네, 이거."

　몇 번 해보더니 이제는 제법 그럴싸하게 추는 서윤을 보며 윤수는 피눈물을 흘렸다.

　그날, 서윤의 충실한 노예가 된 후 기초반에 찾아가 그에 대해 알아봤을 때 윤수는 자신이 숨을 쉬고 있다는 사실을 신께 감사했다.

　아이들에게 들은 서윤은 그야말로 서울권에서는 전설 그 자체!

　조폭들도 어쩌지 못할 정도의 타고난 싸움꾼에, 얼마 전에는 쇠파이프나 체인 등으로 무장한 일진 17명과 싸워 모조리 쓰러트렸단다.

　말이 되는가? 17명이 한 명한테 얻어 터졌다는 게.

　더 놀랍고 황당한 점은 싸움이 끝났을 때 서윤은 조금의 상처도 입지 않았다는 점이랄까?

　쉽사리 믿지 못하는 모습에 기초반 학생 중 서윤이 다니는 오산고 근처 학교 학생이라는 연습생이 말하길.

　"녹색창에서 오산고 17대 1이라고 쳐보세요."

연습 끝나고 PC방에 들러 검색해 본 결과 진짜 있었다.

아무래도 몇몇 재학생이 찍었는지 서너 가지의 버전이 있었는데, 거리나 품질이 그리 뛰어나지는 않았지만 확실히 있었다.

윤수는 그 동영상을 보고 염통이 쫄깃해지고 심장이 벌렁거리는 체험을 할 수 있었다.

그리고 자신이 이제는 정말 악마의 노예가 되어버렸음을 깨달았다.

"윤수야."

"네? 네, 형님!"

상념에 빠져 있던 윤수는 서윤의 부름에 다시금 빠릿하게 외치며 그의 춤을 봐주기에 여념이 없었다.

'근데 이 형 진짜 무섭게 빨리 는다.'

하지만 그건 그거고, 이건 이거다.

처음에는 외모만 믿고 들어온 싸움이나 잘하는 양아치인 줄 알았다.

그런데 잘한다.

몸도 유연하거니와 무엇보다 리듬감과 박자감이 천부적이다.

듣자 하니 노래 쪽에는 생각보다 크게 재능이 있는 것 같지 않지만 말이다.

입이 걸기는 해도, 윤수가 가르쳐 줄 때만큼은 군말 안 하고 따라온다.

또한 쓸데없이 자존심을 부리지 않는다.

모르면 모른다, 잘 안 되면 이게 잘 안 된다고 인정할 줄 알고 도움을 구해온다.

한 사흘 정도 지켜봐 오며 내린 결론은 서윤이 생각보다 나쁘지 않은 사람인 것 같다는 점이다.

'하지만 무서운 건 무서운 거야.'

결국 그런 생각으로 끝을 맺으며 윤수는 물개 박수를 친다. 그리고 자신이 가르쳐 준 대로 곧장 따라오는 서윤에게 극찬을 늘어놓기 시작했다.

이게, 서윤 한정 윤수가 선택한 처세술이다!

한편 그 모습을 닫힌 연습실 유리문 너머에서 바라보고 있는 존재가 있었다.

바로 MH의 대표 이만호였다.

그는 윤수에게 춤 교정을 받고 있는 서윤의 모습을 바라보며 흐뭇한 미소를 지었다.

그리고는 휴대폰을 꺼내 어디론가 전화를 걸었다.

"그간 잘 지내셨습니까? 이만호입니다. 하핫! 네네, 걱정 마십시오. 서윤이는 잘 지내고 있습니다. 벌써 연습생들과 어울려서 도움도 받고 있답니다. 성실하게 잘 지내고 있으니 걱정 마십시오. 하하하! 네, 언제 한번 식사라도 하시지요. 아닙니다, 대접은 제 쪽에서 해드려야죠. 투자해 주신 것도 감사한데요. 덕분에 일본 쪽 자금도 완전히 몰아냈습니다… 회장님께도 안부 말씀 전해주십시오. 이만 끊겠습니다. 들어가십시오."

전화 통화를 끝낸 이만호는 미소를 지으며 몸을 돌렸다.

계약 당시 그의 어머니의 간청도 있거니와 엄청난 재력가를 등에 업게 되었다.

어찌 쉬이 넘길 수 있겠는가?

서윤은 잘 지내고 있고, 덕분에 만호의 골칫거리 중 하나이던 일본 자금도 몰아냈으니 금상첨화다!

"문제없군. 음하하하!"

호탕하게 웃으며 돌아서는 만호의 뒷모습이 사뭇 당당하다.

아무래도 이 양반, 완전히 헛다리짚은 것 같다.

2002년도 어느덧 7월에 접어들었고, 서윤이 MH에 들어온 지는 넉 달이란 시간이 흘렀다.

세상은 아직까지 월드컵의 열기가 남아 있었지만, MH 엔터테인먼트 4층 연습실은 달랐다. 예비 아이돌들의 구슬땀과 거친 숨소리가 가득 메우고 있었으니 말이다.

"그만!"

트레이너가 노래를 끊었다.

그와 동시에 음악에 맞춰 춤을 추던 연습생들이 일시에 허물어지듯 연습실 바닥에 주저앉았다.

"헉! 헉!"

"에구구! 죽겠네."

여기저기서 신음성이 터져 나왔다. 쉬지 않고 30분을 춰댔으니 그럴 수밖에 없었다.

윤수 역시 거친 숨을 몰아쉬며 주저앉아 늘어진 티를 들어 얼굴의 땀을 닦아냈다. 그러던 중 자신의 옆에 선 채 가볍게 호흡을 고르고 있는 서윤을 발견했다.

"매번 생각하는 건데, 정말 대단한 것 같아요."

"앙?"

윤수의 물음에 서윤이 무슨 소리냐는 듯 되물었다.

"다른 애들을 보세요."

연습실은 초토화 상태였다.

서 있는 것은 트레이너를 제외하고는 서윤밖에 없었다. 그는 윤수의 말뜻을 알았다는 듯 고개를 끄덕이더니 혀를 찼다.

"쯧쯧, 그렇게들 체력이 약해서야……."

"…하하."

도리어 자신들의 체력을 탓하는 모습에 윤수를 비롯한 연습생들은 마른 웃음을 흘릴 수밖에 없었다.

'그건 댁의 체력이 괴물 같은 거고!'

마음 같아서는 저렇게 타박하고 싶지만 입 밖으로 내지는 않는다.

아직 죽고 싶은 마음은 없으니까.

하드한 트레이닝으로 하나같이 체력에는 자신이 있는 연습생들이었지만 서윤이란 괴물에 비할 바는 아니었다.

"그것보다 형님, 들으셨어요?"

"뭐?"

"오디션이요."

"오디션?"

서윤이 고개를 갸웃거리자 윤수는 그럴 줄 알았다는 표정을 지었다. 근 석 달 동안 봐오면서 느낀 것이지만 이 사람은 의욕이 별로 없다.

물론 불성실하다는 말은 아니다. 기본적으로 체력도 좋은 데다가, 수업에 늦거나 빠진 적도 없다.

서윤은 연습 시간만큼은 군말 없이 열심히 한다. 하지만 그뿐이다.

바꿔 말하자면 연습 시간 동안에만 충실하다는 표현이 맞으리라. 그리고 또 하나 특이한 점은.

똑똑.

노크 소리와 함께 연습실 문이 열리며 빼꼼히 얼굴을 들이미는 두 존재다.

"연습 끝났어요?"

눈 밑에 인절미를 하나 붙인 듯 두툼한 애교살이 특징인 인형 같은 아이의 물음에 서윤의 표정이 살짝 찌푸려졌다.

"우히히~"

"…너희는 나한테 미안하지도 않냐?"

서윤의 자조적인 어조에 두 꼬맹이, 아영과 수아는 악동 같은 미소를 지었다.

"뚜아 배고파요!"

맨 처음 포문을 연 것은 수아다. 뒤이어 아영 역시 '배고파서 돌아가실 것 같아요.'란 표정을 지었다.

보통이라면 보는 것만으로도 동정심이 일 정도의 불쌍한 모습이었지만 서윤에게 있어서는 소악마 콤비였다.

"너희한테 나는 무슨 존재냐?"

서윤의 말에 두 사람은 배시시 미소만 지을 뿐이었다. 사실 할 말이 없기도 했으니 말이다.

서윤은 잠시 두 사람과 대치하다가 이윽고 고개를 설레설레 저었다.

"그래… 오늘은 뭐가 먹고 싶은데?"

"삼겹살!"

"대패 삼겹살도 괜찮아요!"

나름 양심은 있는지 비교적 값싼 대패 삼겹살을 메뉴로 부른다.

"아서라, 이왕 먹으려면 제대로 먹어야지. 대패가 뭐냐, 대패가. 윤수야, 나 저녁 먹고 집에 간다."

오늘 수업이 끝난지라 그렇게 말했지만 윤수가 입을 열었다.

"형님도 이제는 개인 연습을 좀 해야 하지 않을까요?"

"왜?"

"곧 오디션 있다니까요?"

윤수의 말에 서윤은 손뼉을 탁 하고 쳤다. 저 소악마들 때문에 지나칠 뻔했다.

"무슨 오디션인데?"

"내년 후반기에 데뷔할 그룹 선발이요."

"그래?"

서윤은 잠시 흥미로운 표정을 짓다가 이윽고 아영과 수아를 바라보고는 쿨하게 결론을 내렸다.

"뭐, 내일부터 하지."

*　　*　　*

"오빠 괜찮아?"

"뭐가?"

복도를 걷던 서윤은 문득 들려온 소리에 고개를 돌렸다. 아직 그의 가슴언저리밖에 오지 않는 작은 신장의 아영과 수아가 걱정스러운 표정을 짓고 있었다.

"곧 오디션 있다며. 우리 당분간 오지 말까?"

"이제 와서 위해주는 척하지 마라."

"실례야, 우리는 오빠를 생각한다고!"

"그렇지. 밥 사줘, 간식 사줘, 음료수도 사줘. 너희도 인간이라면 생각을 하는 게 당연하지, 응!"

"오빠!"

서윤이 시크하게 대답하자 수아가 빽 소리를 질렀다. 하지만 서윤은 손가락으로 귀를 후비며 비아냥거렸다.

"어이구, 너희한테도 염치라는 게 있었어? 이거 놀라운 일인데?"

"씨잉!"

아무래도 마음 놓고 썰을 풀면 아영과 수아는 서윤에게 안 된다. 결국 뭐라 반박할 말이 없어 애꿎은 복도 바닥만 발로 탁탁 치는 두 소녀였다.

서윤은 그만 놀려야겠다고 생각했는지 양옆에 선 두 아이의 머리에 손을 얹었다.

"오빠가 알아서 할 테니 식사나 하러 가자."

"흥, 오디션 떨어져도 난 몰라."

"나도."

"그려 그려."

그래도 용케 자신들의 머리에 얹어져 있는 서윤의 손을 쳐 내지 않는다. 서윤은 토라져서 양 볼을 뽕뽕 부풀리고 있는 두 소녀를 내려 보았다.

'아무리 생각해도 귀엽단 말이지, 이 녀석들.'

서윤은 막내다. 게다가 누나나 형하고도 제법 나이 차가 나는지라 그에게 이 두 명의 존재는 특별하다.

특히나 여동생이 가지고 싶었달까? 그러한 점에 있어서 아영과 수아는 따분한 생활의 한 줄기 청량제나 마찬가지다.

물론, 거둬 먹이느라 귀찮기는 하다.

뭐, 비용이야 문제될 것은 없다. 이런 말 하기는 뭐하지만 부모를 잘 만났으니까.

애초에 그런 집안에서 태어났는데 어쩌겠는가?

"묻지……."

"……?"

"너희, 위장의 크기는 충분한가?"

녀석들의 전투력을 올리기 위해 묻자 두 꼬맹이가 대번에 고개를 끄덕인다.

왠지 그 모습도 작은 동물 같아서 귀엽다.

사실 아영과 수아 모두 또래에 비하면 큰 편이지만, 186센티에 이르는 서윤에게는 그렇게 느껴졌다.

"배터질 때까지 사준다는 뜻이야."

"우와!"

"야호!"

서윤의 말에 아영과 수아는 언제 토라졌냐는 듯 그에게 달라붙어 헤실헤실 웃었다.

한편 그 시각.

꼬르륵.

연습실에 남아 있던 윤수는 바깥에서 아직까지 들려오는 세 사람의 히히덕거리는 소리를 들으며 고픈 배를 움켜쥐었다.

"씨잉… 어떻게 나는 한 번을 안 사주냐? 배고파 죽겠네."

다시 말하지만 서윤은 여동생을 가지고 싶었다.

다음 날, 오디션에 대한 공고가 떴다.

웅성웅성.

많은 수의 남자 연습생이 복도에 붙은 오디션 진행에 관한 공문을 바라보고 있었다.

하나같이 눈가에는 진한 욕구가 깃들어 있었다. 그럴 수밖에 없다. 그들에게 있어서는 데뷔야말로 꿈을 이루는 것이니까.

그것이 연습생의 최종 목표다.

윤수 역시 마찬가지로 그곳에 자리하고 있었다.

"좋아."

윤수는 주먹을 꾹 쥐며 고개를 끄덕였다.

부모님의 반대로 인해 광주와 서울을 오가면서도 지원을 받지 못하고 있는 그로서는 이번 기회를 놓칠 수가 없었다.

내년 데뷔할 그룹에 멤버로 뽑히기만 한다면 부모님에게도 어깨를 편 채 말씀드릴 수 있을 것이다. 그렇다면 부모님도 좀 마음을 달리 먹어주시겠지.

윤수는 그런 생각으로 마음을 다잡았다.

그러던 중 문득 주위를 둘러보았다. 서윤이 생각난 탓이었다.

"어라?"

그러고 보니 서윤이 보이지 않았다.

윤수는 잠시 고개를 갸웃거리다가 연습실 쪽으로 다가갔다.

　굳게 닫힌 문에 나 있는 창문으로 안을 들여다보니 텅 빈 연습실 안에 홀로 앉아 스트레칭을 하고 있는 서윤의 모습이 보였다.

　끼익.

　문을 열고 들어가자 서윤이 고개를 들었다.

　“왔냐?”

　“형님, 밖에 붙은 공문 보셨어요?”

　“아, 봤다.”

　윤수는 서윤의 옆에 자리를 잡고 앉아 스트레칭을 했다.

　“어떡하실 거예요?”

　“너는 지원할 거지?”

　윤수는 고개를 끄덕였다.

　“그걸 위해 그간 연습해 왔으니까요. 슬슬 오디션 때 평가 받을 퍼포먼스도 연구하고, 곡도 선정해 봐야 할 것 같아요.”

　“그래.”

　서윤은 무심한 표정으로 짧게 대답했다. 윤수는 눈을 동그랗게 떴다.

　“형님도 준비하셔야죠?”

　“나?”

　“형님은 안 하실 거예요?”

　윤수의 물음에 서윤은 턱가를 매만지며 잠시 고민해 보았다. 솔직히 말해서 이곳에 들어온 것은 자신의 의지가 아니다.

어머니와 누나의 손에 강제로 들어오게 되었고, 인질로(?) 잡혀 있는 자신의 바이크도 한 몫 했다.

뭐, 처음에는 그랬다는 소리다.

하지만 이제는 조금 다른 것 같기도 하다.

자신을 밥서틀 취급하는 소악마 꼬맹이들이지만 어울리는 재미도 있고, 춤을 배우는 것도 조금씩 재미가 들려가는 참이다.

'뭐, 마냥 목적 없이 허송세월하는 것보다야 낫지 않을까?'

해보고 안 되면 어쩔 수 없는 것이고.

"야, 한 가지 묻자."

"뭔데요?"

대답 대신 서윤은 진지한 표정을 짓더니 윤수를 바라보았다.

서윤의 그런 기색에 심상치 않음을 느낀 탓일까? 윤수의 어깨가 살짝 움츠러들었다.

서윤은 히죽 웃으며 윤수의 어깨를 툭툭 쳤다.

"긴장할 것 없어, 짜샤."

"아, 네……."

"객관적으로 말해봐. 너 내가 이번 오디션에 붙을 확률이 얼마나 될 것 같아?"

"…네?"

윤수가 얼떨떨한 표정으로 서윤을 바라보았다. 갑자기 그게 무슨 소리란 말인가?

"괜찮으니까 말해봐."

서윤의 재촉에 윤수는 잠시 그의 눈빛을 바라보았다.

평소와는 다르게 진지한 얼굴이다. 윤수는 그런 기색을 깨닫고는 이윽고 무거운 어조로 말문을 열었다.

"솔직히 실력만으로는 좀 힘들지도 몰라요."

윤수는 최대한 기감 없이 말했다. 그러면서 이 형이 화내면 어쩌지란 표정으로 서윤의 표정을 살펴댔다.

하지만 서윤은 선선히 고개를 끄덕였다.

"그렇지. 나 들어온 지 4개월밖에 안 됐다. 막말로 춤도 배워 나가는 단계고, 보컬 트레이닝 때도 지적질만 당해."

비록 사고나 치고 다니는 문제아로 낙인찍혀 여기 MH에 처박히게 되었지만 서윤은 자신을 모르지는 않는다.

"그런데 네 눈에 내가 재능은 있어 보이냐?"

서윤의 말에 윤수는 천천히 고개를 끄덕였다.

분명 아직 배워 나가는 단계이기는 하지만 서윤에게는 재능이 있었다. 특히 춤에 있어서는 가히 천재적이었다.

말 그대로 스펀지가 물을 흡수하듯 일취월장하고 있었으
니까.

윤수의 대답에 서윤은 어깨를 으쓱였다.

"그러면 일단 희박한 확률을 최대한 끌어 올리는 게 최우
선이겠구만."

서윤은 거기까지 말하고는 윤수를 지긋이 쳐다보았다.

윤수는 실력을 가지고 가정을 지었다. 하지만 서윤은 모든
것을 무색케 하는 재능을 타고났다.

다름 아닌 비주얼이었다.

186센티의 큰 키에 팔다리도 길쭉하거니와, 조각 같은 얼
굴은 연예계에서도 보기 드물 정도의 비주얼이다.

신체적인 강점으로만 따지자면 서윤은 필시 S급이다.

그것이야말로 서윤이 지닌 최고의 재능이리라.

그 시각 3층의 여자 연습실.

꼬르륵.

인형같이 귀여운 여자 아이가 주린 배를 움켜쥐고 있었다.

"흐잉~ 배고파."

"나도."

소녀, 임아영이 울상을 지으며 말하자 마찬가지 포즈의 수
아가 대답한다.

"떡볶이 먹고 싶어."

“오뎅, 떡볶이 국물을 묻힌 튀김만두!”

츄릅!

머릿속으로 온갖 분식점 음식을 상상하던 두 사람의 입가에서 침이 고였다. 물론 흘리는 우를 범하기 전에 얼른 삼켜 넘기기는 했지만.

보통 때라면 바로 서윤에게 달려갔을 터였다.

하지만 이 두 사람에게도 낯짝이란 것이 있는 모양이다.

그녀들 역시 서윤에게 중요한 시기임을 알기에 인내하고 있었지만 여간해서는 이 배고픔을 참을 길이 없었다.

결국 참지 못하고 수아가 아영에게 물었다.

“너 돈 좀 없어?”

“흐잉, 어제 오락실에서 남은 용돈 다 썼어요. 그러는 언니는요?”

“……”

침묵이 바로 긍정이었다.

두 사람은 침음성을 흘리며 지금의 이 난국을 타개할 방법을 찾으려 애썼다.

그러던 중, 두 사람의 코를 간질이는 음식 냄새!

“으잉?”

두 사람의 고개가 그쪽으로 돌아간 것은 그야말로 신속의 속도였다. 그리고 두 쌍의 눈망울에 들어온 광경이 있었다.

연습실 바닥에 앉아 플라스틱 통에서 찐 고구마를 꺼내고 있는 한 소녀의 모습이었다.

"으음! 역시 산지에서 직배송 받은 밤고구마! 너무 맛있어요."

무릎까지 꿇은 채 껍질을 조심스레 벗긴 소녀는 고구마를 한 입 베어 물고는 뿌듯한 미소를 지으며 고개를 끄덕였다.

슥!

스윽!

두 사람의 시선이 허공에서 마주쳤다.

그리고 이내 두 사람의 입가에 음침한 미소가 걸렸다.

결론적으로 배가 고팠던 두 소녀는, 어린양(?) 서현희의 목숨과도 같은 고구마를 스틸하는 데 성공했다.

하지만 그 여파는 실로 심상치가 않은 것이었으니.

"으아앙!"

연습실이 떠나가라 서럽게 울고 있는 소녀, 서현희 양이 바로 그것이었다.

솔직히 두 사람은 이러한 상황을 예상치 못했다.

"혀, 현희야. 미안해."

"응? 언니들이 미안해."

결국 수아와 아영은 손이 발이 되도록 싹싹 빌며 현희를 달

래려 애를 썼다.

평소, 조용하고 차분하며 논리를 사랑하는 현희였지만 단 한 가지 예외가 있다면 고구마에 관련된 것이었다.

"흐앙~ 내 밤고구마… 으아앙!"

특히나 밤고구마를 찌며 얼마나 기뻐했던가? 그런 기억이 다시금 고개를 들자 울음소리는 더욱 커졌다.

"어떻게 해."

아영은 거의 패닉 상태가 되어 발을 동동 구르기 바빴다. 그것은 수아 역시 마찬가지였다.

조금 있으면 수업이 시작될 테고 다른 연습생들도 들어올 텐데, 이 꼴을 보면 뭐라 생각하겠는가?

"죽었다."

아영은 거의 울상이 되어 중얼거렸다. 이대로라면 트레이너에게 혼날지도 모른다.

장난기가 충만한 그녀라도 어른에게 혼나는 것은 무섭다.

"어쩌지? 어쩌지?"

달칵.

그때 연습실 문이 덜컥 열렸고, 아영과 수아는 화들짝 놀라 그쪽으로 시선을 주었다.

현희는 아직까지 목 놓아 울고 있는 상태, 당연한 반응이었다.

“뭐야? 무슨 소리야?”

“오, 오빠!”

순간 아영과 수아가 반색하며 표정으로 외쳤다. 다름 아닌 서윤이었기 때문이다.

“음료수나 하나 빼 먹으려고 내려왔더니 이게 뭐야?”

3층 휴게실에 가던 중 울음소리를 듣고 무슨 일인가 들여다봤더니 이 꼴이다. 처음 보는 아이가 연습실 바닥에 주저앉아 다리까지 버둥거리며 울고 있었다.

“너희 뭔 짓 했어?”

서윤의 말에 아영과 수아는 입을 꾹 다물며 고개를 푹 떨궜다.

자신들의 잘못이니 할 말이 없었기 때문이다.

서윤은 혀를 쯧 하고 찼다. 일단 저 꼬맹이를 울린 원인이 두 사람이 맞기는 한 모양이다.

“어이, 꼬맹아. 그만 울어.”

“우와앙!”

아무래도 무리인 것 같다. 더욱이 꼬맹이라고 했더니 울음소리가 더 커졌다.

“어떻게 해, 오빠!”

“좀 있으면 수업 시작인데!”

수아와 아영은 잔뜩 겁을 집어먹은 인상이다. 서윤은 ‘에휴! 라고 한숨을 내쉬더니 꼬맹이에게 다가가 갑작스레 덥석 안아 올렸다.

뭐랄까? 안아 올렸다기보다는 집어 들었다는 표현이 더 맞으리라.

"엄마야!"

과연, 서윤의 돌발 행동에는 현희도 놀란 것일까? 두 눈을 동그랗게 치켜뜬 채 서윤을 바라보았다.

그 모습에 서윤이 히죽 웃었다.

"이제야 그쳤구만?"

"노, 놓아주세요!"

태어나서 아버지를 제외하고 처음으로 이성과의 신체 접촉(?)이었다. 하지만 서윤은 불편했는지 자세를 고쳐 현희를 한 팔로 안아 들었다.

뭐랄까? 마치 갓난아기를 안아 든 듯한 자세였다.

186센티에 이르는 서윤의 우월한 신장 때문일까? 그의 팔에 엉덩이를 걸친 형세가 된 현희가 대여섯 살의 작은 소녀처럼 보였다.

초등학교 5학년인 현희를 한 팔로 지탱하는 서윤의 힘도 비상식적이기는 하지만 말이다.

"숙녀의 몸에 손을 대다니, 실례야!"

그 모습에 아영과 수아가 반발했지만 서윤은 '무슨 개 짖

는 소리야? 란 표정으로 현희를 한 팔로 안아 든 채 성큼성큼
연습실을 나섰다.

　"따라들 와. 이 골칫덩이들아."

　결국 아영과 수아는 입을 댓 발 내민 채 서윤의 뒤를 쪼르
르 따라갈 수밖에 없었다.

　덜컹!

　자판기에서 음료수가 나왔다.

　아영과 수아는 음료수 캔을 따며 서윤을 힐끗 바라보았다.

　휴게실에 들어와서 대강의 사정을 들은 서윤은 혀를 끌끌
차며 두 사람을 타박했다.

　"쯧쯧… 이제는 도둑질까지? 아주 가지가지 한다."

　"도, 도둑질?"

　"그렇지 않아!"

　서윤의 말에 아영과 수아가 화들짝 놀라 반박하지만 그는
대꾸도 하지 않은 채 고개를 절레절레 저을 따름이었다.

　"저, 저기… 이만 내려놓아 주시면……."

　그때 귓가로 들려온 소리에 고개를 돌려보니 아직까지 그
의 팔에 들려 있던(?) 현희가 빨갛게 달아오른 얼굴로 중얼거
리고 있었다.

　"아, 미안. 잊고 있었네."

그제야 서윤이 무릎을 굽히며 현희를 내려주었다.

후다닥.

바닥에 두 발이 닿기가 무섭게 현희가 뒤로 물러선다. 그러면서도 힐끔힐끔 서윤을 바라보았다.

왠지 모르게 부끄러운 느낌이다.

하지만 그런 소녀의 마음을 알 리 없는 서윤이 호주머니에서 동전을 꺼내서 그녀에게 내밀었다.

"…네?"

"너도 하나 마셔라."

"…하지만."

"거참 답답한 꼬맹이네. 알았다. 내가 손수 뽑아주지."

"꼬맹이가 아니에요."

현희가 왠지 발끈해서 말했지만 서윤은 대꾸도 하지 않고 동전을 자판기에 투입하고는 코카콜라 버튼 쪽으로 손을 가져갔다.

순간 현희가 다급한 어조로 외쳤다.

"저, 전 탄산 안 마셔요!"

"그러면?"

서윤이 고개를 갸웃거리며 묻자 현희가 힐끔 자판기를 둘러보다가 가리켰다.

"유기농 오렌지 주스요."

연습을 끝내고 집으로 돌아온 현희는 편한 옷으로 갈아입고 책상에 앉았다.

이제는 다시금 학생으로서의 본분에 충실할 시간이기 때문이다.

"어디 보자."

현희는 교과서와 공책을 펴고 학교에서 내준 숙제를 하기 시작했다. 고된 연습으로 피곤하기는 하지만 공부를 소홀이 할 생각은 없는 현희였다.

"다 했다."

대략 1시간 정도 바짝 집중해 숙제와 수업 시간에 배웠던 부분까지 복습을 끝냈다.

"몇 시지?"

고개를 들어 벽시계를 보니 자정이 넘었다.

시간을 보니 괜히 더 졸리는 기분이다. 그녀는 가볍게 기지개를 펴며 의자에서 몸을 일으키려다가 컴퓨터의 전원 버튼을 켰다.

우웅―!

컴퓨터가 돌아가는 소리와 함께 이윽고 부팅이 되었다.

모니터 화면에 윈도우 로고가 생기는 것을 응시하며 현희는 상념에 빠져들었다.

"너 아까 4층 연습실 김서윤하고 같이 있었지?"

"그 오빠 되게 무서운 사람인 거 알아?"

유기농 주스를 얻어 마시고, 수아와 아영의 사과까지 받은 현희가 연습실로 돌아왔을 때 다가온 연습실 친구들의 말.

"에휴."

현희는 마우스를 조작해 인터넷 익스플로러를 클릭했다. 이윽고 창이 켜졌다.

그녀는 천천히 키보드를 누르기 시작했다.

"…오산고… 17대… 1."

검색창에 오산고 17대 1을 적은 현희가 엔터를 쳤다. 이윽고 뜨는 글들.

"있다."

현희는 그중 블로그의 글 하나를 클릭했다.

블로그 내에는 열댓 줄의 글과 더불어 하나의 동영상이 링크로 걸려 있었다.

현희는 조심스럽게 동영상을 재생시켰다. 그리고—

*　　　*　　　*

“어이, 꼬맹아.”

흠칫!

“—?”

서윤은 고개를 갸웃거렸다.

서현희라고 했던가? 복도를 지나가다가 우연치 않게 마주쳤기에 인사를 건넸더니 저 모양이다.

어딘지 모르게 겁을 먹은 표정으로 어깨를 떠는 모습이 유기농 오렌지 주스를 먹고 흡족해하던 어제와는 다르다.

“이상한 녀석. 열심히 해라.”

하지만 서윤은 별 생각 하지 않고 손을 휘휘 저으며 자신의 연습실로 향했다.

“…….”

현희는 그런 그의 뒷모습을 바라보며 입술을 꾹 깨물고는 어깨를 축 늘어트린 채 연습실로 돌아왔다.

연습실 안은 곧 있을 트레이닝에 대비해 스트레칭을 하는 아이들이 대부분이었다. 그리고 아영과 수아 역시 그중에 있었다.

“응? 무슨 일 있어? 얼굴이 왜 그래?”

수아는 어딘지 모르게 딱딱하게 굳은 얼굴로 들어오는 현희를 바라보며 물었다.

“아, 언니…….”

"왜? 무슨 일 있었어?"

뒤이은 아영의 물음에 현희는 의기소침해진 얼굴을 푹 떨궜다.

"그… 서윤 오빠요."

"응."

"소문은 알고 계세요?"

"응?"

갑작스런 이야기에 두 사람이 눈을 동그랗게 뜨며 반문했다.

"저… 사실 그 오빠에 대해 우연히 들은 게 있어서… 혹시… 오산고 17대 1이라고 아세요?"

현희의 물음에 수아와 아영은 고개를 끄덕였다.

"응."

"알고 있는데? 그거 서윤 오라비 이야기잖아."

"네?"

너무나도 당연하다는 듯, 그리고 그게 뭐 어쨌냐는 식으로 물어오자 현희는 놀란 표정을 지을 수밖에 없었다.

그런 현희의 얼굴에 서린 감정을 읽은 것일까? 수아가 의미심장한 미소를 지어 보였다.

"흐흥~ 보자, 보자. 너 오빠 동영상 봤구나?"

"…네."

“무서워?”

대뜸 물어온 것은 아영이었다.

현희는 자신도 모르게 고개를 끄덕일 수밖에 없었다. 아직 초등학생인, 게다가 바른 생활을 해온 그녀에게 있어서 동영상은 충격일 수밖에 없었다.

그래서였다. 오늘 서윤을 만났을 때, 자신도 모르게 움츠러든 것은.

“나도 무서웠는데.”

“네? 그런데 어째서?”

그렇게 지낼 수 있느냐는 반문이었다.

“하지만 이미 오빠랑 친해진 뒤에 알게 되었으니까. 아마 친해지기 전에 알았다면 지금처럼은 못하겠지.”

아영은 히죽 웃으며 어깨를 으쓱였다. 아영이나 수아의 경우에는 서윤에게 들러붙으며 친해지고 난 뒤 알게 되었다.

두 사람도 현희와 마찬가지로 주위 연습생들의 말을 들은 뒤 직접 찾아보고 알게 된 경우였다.

솔직히 말하자면 처음에는 현희와 마찬가지였다.

왠지 자신들이 알아왔던, 언제나 틱틱거리지만 부탁에 거절을 못하던 서윤이 아닌 것만 같아서.

“그래서 우리도 오라비를 피했는데…….”

“그랬는데요?”

현희가 아영에게 한 걸음 다가서며 되물었다.

"갑자기 서윤 오빠가 찾아와서 우리를 납치했어."

"그, 그건 범죄!"

현희가 놀란 표정으로 외쳤다. 하지만 아영은 고개를 끄덕였다.

"우리도 딥다 무서웠다니까."

"뭐, 같이 밥 먹으러 간 거야. 자기는 혼자 밥 먹는 건 절대 싫다고."

수아가 재빨리 이야기를 정상적으로 잡아주었다.

"그런데 우리가 너무 조용했는지 오라비가 무슨 일 있냐고 물어보더라고. 그래서 한번 물어봤어."

"뭐라고요?"

"뭐, 그런 소문을 들었다. 인터넷도 찾아봤다."

"헉. 너무 다이렉트해요! 상처받을 수도 있잖아요."

현희의 말에 수아와 아영은 어깨를 으쓱였다. 그리고는 이내 의미심장한 미소를 짓는다.

"어이구, 왜 갑자기 오라비 편이야?"

"그, 그건… 하, 하여튼 그건 옳지 못한 일이에요."

"예예~ 하여튼, 그렇게 물었더니 오빠 말이 걸작이었어."

"뭐라고 하셨는데요?"

현희의 물음에 수아와 아영은 피식 웃었다.

그래, 그때로 잠시 시간을 돌려보자.

서윤은 수아와 아영을 바라보며 ‘어쩐지 평소답지 않게 조
신하더니만 이런 비화가 있었던 거였군.’ 이라고 생각하며 입
을 열었다.

“그래서 쫄았냐?”

“……!”

갑작스런 말에 수아와 아영의 두 눈이 동그랗게 떠졌다.

서윤은 빙그레 미소를 지으며 수아와 아영의 머리통을 차
례로 쥐어박았다.

“아야!”

“왜 때려!”

방금 전까지의 조심스러운 기색을 잊은 듯 두 사람이 빽 하
고 소리쳤다. 그러면서도 곧바로 당황한 기색으로 양손으로
입을 틀어막는 모습이 귀엽다.

“아름다운 목탁 소리. 머리가 얼마나 비었으면 이런 청명
한 소리가 날까?”

“그. 그렇지 않아!”

“우리 공부 잘해!”

“호오~ 공부를 잘한다고? 얼마나 잘하는데?”

“그, 그건……!”

두 사람의 기세가 확연하게 수그러들었다.

사실, 두 사람 다 연습생 생활을 병행하다 보니 중간 이상은 하지만 그렇게 빼어나다고 할 정도는 아니었기 때문이다.

그런 모습을 바라보던 서윤이 음식 접시들을 두 사람 앞에 놓아주며 핀잔하듯 말했다.

"어디서 그런 소리를 들었는지 모르겠지만 맞다."

"……."

너무나도 명쾌한 수긍.

수아와 아영이 입을 꼭 다문 채 서윤을 바라봤다.

"그러니까 부모님도 안 되겠다 싶었는지 사람 되라고 여기 집어넣은 거고. 심지어는 오토바이도 뺏어갔어. 에휴."

자신의 보물 1호인 오토바이를 이야기하는 서윤의 입에서 절로 한숨이 흘러나왔다.

"뭐, 마음대로들 생각해. 무서우면 무서운 거지. 난 상관없다."

서윤은 수아와 아영을 잠시 바라보다가 막 나온 음식 접시 쪽으로 포크를 가지고 갔다.

"어여 먹어."

두 사람은 아무런 말도 할 수 없었다.

다시 시간을 현재로 되돌리자.

“뭐예요? 결국 무슨 결론이 난 것은 아닌 것 같은데요?”

현희의 말에 수아와 아영은 고개를 끄덕였다.

“뭐, 그때는 그랬지. 하지만, 아무리 생각해도 아영과 내가 겪어온 서윤 오빠는 나쁜 사람이 아니었거든?”

“맨날 놀리고 빈정거리고 소리치기는 하지만.”

수아와 아영의 말에 현희는 ‘음!’ 하고 침음성을 흘렸다.

생각해 보니, 확실히 두 사람의 말대로다.

처음 보는 자신한테 대뜸 꼬맹이라고 하질 않나, 게다가 숙녀의 몸에 함부로 손을 대고… 하여튼 무례한 사람임에는 틀림없다.

그럼에도 불구하고 현희는 김서윤이란 사람이 나쁘다는 생각은 들지 않았었다. 어찌되었건 자신을 달래주었으며, 유기농 오렌지 주스도(?) 사줬으니까.

그래, 다른 연습생들에게 이야기를 듣고 찾아보지 않았다면, 그저 유별난 사람이라고 생각했으리라.

“그건 그렇다 쳐요, 언니. 서윤 오빠랑 다시 친해진 것은 무슨 계기가 있으셨나요?”

현희의 물음에 아영은 ‘으히히!’ 웃더니 말을 이었다.

“결국 굶주림을 이길 수가 없었달까? 그죠?”

“응!”

“설마 우리같이 예쁜 숙녀를 때리겠냐? 싶었지!”

“음음!”

아영의 말에 수아 역시 고개를 끄덕였다. 그리고 그런 두 명을 바라보며 현희는 입을 떡하고 벌렸다.

“…….”

현희는 진심으로 이 두 사람의 머리 안을 뜯어보고 싶다는 생각이 들었다.

결국 나온 결론은 간단했다.

서윤은 나쁜 사람이 아니다. 그러니 아까의 행동에 대해 서윤에게 사과를 하자였다.

뭐, 서윤은 별 신경도 쓰지 않고 있었지만 현희의 마음이 편치 않았기 때문이다.

“죄송합니다.”

“엉? 뜬금없이 뭐냐?”

그리고 역시나, 서윤은 고개를 갸웃거리며 현희를 바라보았다.

“어이, 이 꼬마 갑자기 왜 그래?”

“아까 오빠가 인사했는데 받지도 못하고 그래서요. 그, 그리고 전 꼬맹이가 아니에요.”

현희는 사정을 말하면서도 소심하게나마 자신이 꼬맹이가 아니라는 사실을 어필했다. 물론 서윤은 심드렁한 표정으로 대구할 뿐이었다.

"별걸 다 신경 쓰네. 그게 뭐 어쨌는데?"

"저 사실… 오빠 동영상 봐서… 그랬어요."

현희의 말에 서윤은 아영과 수아를 바라보았다. 하지만 두 사람은 어깨를 으쓱일 뿐이었다.

"무서웠어요."

"그래서?"

"그리고 솔직히 아직 무서워요."

현희의 말에 서윤은 휴게실 의자에 앉으며 음료수 캔을 깠다. 그리던 중 자신을 바라보며 눈을 반짝이고 있는 아영과 수아를 발견했다.

분명 '치사하게 오빠만 먹을 거야?' 라는 무언의 압박이었다. 결국 서윤은 주머니를 뒤적이더니 지폐를 꺼냈다.

"아, 너희도 뽑아 먹어라."

그와 동시에 아영이 후다닥 달려와 지폐를 받아 들었다.

"땡큐, 오빠!"

"역시 우리의 오라버니!"

아영과 수아의 입가에 '그러면 그렇지!' 란 미소가 걸렸다. 그럼에도 우리의 바른 생활 아가씨 현희는 평탄한 어조로 말을 이었다.

"하지만 나쁘신 분은 아닌 것 같다는 생각이 들었어요. 아,

언니들. 죄송하지만 전 유기농 오렌지 주스로 뽑아주세요."

그러는 와중에도 유기농 오렌지 주스는 잊지 않는 모습이 신기하다.

"어째서 내가 나쁜 사람이 아니란 생각이 들었는데?"

그때 서윤이 대뜸 물어왔다. 순간 현희는 말문이 막혔다. 하지만 이내 배시시 미소를 지었다.

"절 달래주셨잖아요."

"…그게 이유야?"

설마 이 꼬맹이는 그걸 이유랍시고 댄 것인가?

하지만 현희는 순진무구한 눈망울로 서윤을 바라본 채 고개를 끄덕였다.

"네. 나쁜 사람이면 안 그러잖아요? 그리고 결정적으로 오빠가 무섭고 나쁜 사람이면 수아 언니나 아영 언니의 민폐를 받아줄 리 없으니까요."

"야, 민폐라니?"

현희의 말에 수아와 아영이 즉각적으로 반발하고 나섰다.

하지만 서윤의 입장에서는 다르게 받아들여졌나 보다. 그는 감격한 표정으로 대뜸 현희를 안아 들었다.

"꺅!"

어제에 이어 두 번째 이성과의 접촉(?)에 현희가 새된 비명을 질렀다. 하지만 서윤은 개의치 않고 현희를 어제처럼 한 팔에 안아 들었다.

"너는 알아주는구나. 저 두 식충이의 악행을!"

"내, 내려주세……."

현희가 살포시 얼굴이 붉어져 웅얼거렸지만 서윤은 들리지 않았는지 아영과 수아를 슥 돌아보며 의기양양한 표정을 지었다.

"이것들아, 이 꼬맹이 말 들었지?"

"우우!"

서윤의 외침에 아영과 수아가 입을 댓 발이나 내밀며 받아들일 수 없다는 표정을 지었지만 그게 뭐 대수인가?

자신의 고충을 알아준 이가 있다는 사실에 감격한 이 전설의 싸움짱은 만족스럽기 그지없었다.

그때 서윤의 한 팔에 엉덩이를 걸친 채 들려 있던 현희가 발끈해서 그의 귀에 대고 외쳤다.

"나 꼬마 아니에요!"

"악! 귀청 떨어지겠다, 이 꼬맹이 자식아."

서윤으로서도 타격이었는지 얼굴을 일그러트렸다가 지지 않고 소리쳤다.

"으아앙! 나 꼬마 아니란 말이에요!"

아, 울려 버렸다.

　　　　　*　　　*　　　*

“뭐 먹고 싶어.”

서윤은 현희와 길거리를 거닐고 있었다.

성대하게 울고 난 뒤 삐쳐 버린 현희를 다독이기 위해 서윤이 꺼내 들 수 있는 카드는 먹는 것밖에 없었다.

물론 수아와 아영, 이 소악마들이 낀 것은 당연했고 말이다.

“오빠, 뚜아 오늘은 일본식 돈코츠 라면이 땡기는데!”

“그거 좋다!”

“아주 입맛들이 세계화를 달리는구만? 너희 둘 솔직히 말해봐. 집에 가서 나한테 사달라고 할 메뉴 인터넷으로 검색하지?”

뜨끔.

수아와 아영의 어깨가 크게 흔들렸다.

“이 자식들… 그냥 한번 찔러봤는데…….”

“우히히!”

“오빠앙~”

서윤의 으르렁거리는 말에 수아가 어색하게 웃으며 시선을 회피했다. 그리고, 임아영 양은 되도 않는 애교를 부린다.

그런 모습을 바라보며 서윤은 고개를 절레절레 저었다.

"오늘은 이 꼬맹……."

찌릿!

꼬맹이란 단어가 채 나오기도 전에 현희가 흘겨본다. 그리고 서윤은 재빨리 정정했다.

"…현희가 먹고 싶은 걸로 먹어."

배시시.

그제야 만족한 듯 현희의 얼굴이 펴졌다.

"현희아, 오라비한테 돈코츠 라면 먹자고 해. 언니가 맛있는 집 검색해 왔어. 여기서 멀지도 않아."

"칼로리가 높아서 살쪄요 언니."

현희는 간단하게 수아의 의견을 묵살해 주었다. 그러던 중 그녀의 눈에 들어온 광경이 있었다.

"저기는 어때요?"

"응?"

현희의 말에 시선을 돌려보니 콩 요리 전문점이 눈에 들어왔다.

"콩?"

"콩 싫어."

아직 초등학생이기 때문일까? 수아와 아영은 얼굴부터 일그러트리고 본다.

하지만 현희는 눈을 반짝반짝 빛내고 있었다.

"맛도 좋고, 무엇보다 몸에 좋을 거예요."

참고로, 현희는 어려서부터 건강식에 관한 확고한 신념을
가지고 있는, 이른바 웰빙 음식 예찬론자였다.

Lesson 2

아이돌 '가수'로 가는 첫 걸음

"다녀왔습니다."

서윤은 집으로 들어서며 인사를 건넸다. 그를 제일 처음 맞이해 준 것은 일하는 아주머니였다.

"서윤 학생 왔어?"

"네."

"배고프지 않아? 뭐라도 해줄까?"

"아니요, 괜찮아요. 그것보다 부모님은요?"

"아직 안 들어오셨어."

"하긴… 바쁘신 분들이니까. 쉬세요."

"응, 서윤 학생도 잘 쉬어."

"네."

서윤은 아주머니에게 인사를 건네고 2층 계단으로 올라와 방으로 향했다.

끼익.

방문을 열고 들어가 형광등을 켜자 15평에 이르는 커다란 방이 자신을 맞이했다.

털썩.

그는 겉옷을 벗어 던지며 침대에 걸터앉았다.

"에휴."

그와 동시에 서윤의 입가에서 나지막한 한숨이 흘러나왔다.

"미치겠네."

"뭐가 미쳐?"

나지막한 중얼거림과 동시에 되물어오는 한 줄기 목소리. 서윤이 고개를 돌려보니 언제 들어왔는지 자신의 누이인 김연희가 서 있었다.

"노크 좀 하자. 에티켓도 모르나?"

"노크했어. 네가 못 들은 거지."

서윤의 퉁명한 말을 연희는 능글맞게 받아 넘겼다. 그리고 그의 옆자리에 앉았다.

"말해봐. 뭐가 미치겠는데? 너 혹시? 또 사고 쳤니?"

"사고 안 쳤어."

"그럼 뭔데?"

"알 것 없잖아?"

"호오, 말 못 하시겠다?"

연희의 눈꼬리가 짓궂게 반달을 그렸다. 순간 서윤이 재빨리 말문을 열었다. 저런 표정일 때의 누이는 무슨 짓을 할지 모른다.

더욱이 자신의 보물 1호 바이크의 생사여탈권(?)을 쥐고 있지 않은가? 잘못 보였다가는 바로 중고시장으로 넘어갈 수도 있다.

자신의 누이, 김연희는 능히 그러고도 남을 위인이니까.

"아, 알았어. 말해. 말하면 될 것 아냐?"

"잘 생각했어. 이 누나에게 말해보렴."

"음… 그게 말이야."

서윤은 잠시 머뭇거리다가 연희에게 자신의 고민을 털어놓기 시작했다.

그렇게 얼마나 시간이 지났을까?

"…요컨대, 노래가 영 늘지를 않는다?"

"보컬실 갈 때마다 욕만 먹어."

언제나 마찬가지였다. 별로 늘지 않았다는 것이다.

솔직히 서윤의 입장에서는 호흡, 발성, 바이브레이션… 모르는 것투성이였다.

복식호흡이니 횡경막 호흡이니, 흉성이 어쩌고 두성이 어쩌고… 모르는 말만 해대며 불러보라고 시키고 타박만 한다.

"테크닉만 가르치려 드는데… 젠장, 난 기초도 안 되어 있다고."

"흠."

조용히 서윤의 말을 듣고 있던 연희는 뭔가를 고심하는 듯하더니 문득 그를 바라보며 입을 열었다.

"너 생각보다 열의 있다?"

"뭐가?"

"처음 들어갈 때만 해도 마지못해 했잖아."

솔직히 그랬다.

당사자의 입장은 고려치 않고 부모님과 연희, 그리고 지금 이 자리에 있지 않은 장남, 김서형이 결정해 서윤을 MH에 넣은 것이니까.

솔직히 어머니와 아버지의 경우에는 거기에 들어간 뒤로 사고를 치지 않는 것으로도 만족한 눈치였다.

"열 받잖아. 맨날 욕만 먹는데 기분이 좋겠어?"

서윤의 말에 연희는 피식 웃었다. 그리고는 잠시 서윤을 바라보다가 눈가를 빛내며 입을 열었다.

“그럼, 누나가 좀 도와줄까?”

*　　　*　　　*

연희와의 대화가 있고 이틀쯤 지났을 무렵이었다.

현재 서윤은 방과 후, 언제나 향하는 MH가 아닌 이름 모를 건물 앞에 서 있었다.

“지하 1층으로 가시면 됩니다.”

김 기사의 말에 서윤은 골치가 아프다는 표정으로 이맛살을 부여잡았다.

도와주겠다더니, 또 자신의 의사는 묻지도 않고 멋대로 일을 진행시킨 모양이다.

“MH 쪽에도 말해놓았으니 걱정 말고.”

문득 아까 핸드폰으로 통보한 누이의 말이 밉살맞게 느껴질 정도였다.

“에휴.”

하지만 이미 일은 벌어졌으니 어쩌겠는가? 결국 서윤은 맥빠진 한숨을 내쉬며 지하로 내려갔다.

아마도 무슨 스튜디오 같은데, 문을 열고 들어가니 한 사람이 서 있었다.

"어서 와요."

"안녕하세요."

일단 서윤은 인사를 했다. 누군지는 잘 모르겠지만 그의 눈에 들어온 음향 장비들과 각종 악기들로 미루어, 이 이름 모를 남자가 음악 쪽에 종사하는 이라는 것을 짐작할 수 있었기 때문이다.

"김서윤이라고 했죠? 아, 말을 좀 놔도 될까요?"

"네."

서윤의 대답에 남자는 고개를 끄덕이더니 손을 내밀어 악수를 청했다.

"반가워. 오늘부터 널 가르쳐 줄 김현우다."

그랬다.

그 남자는 다름 아닌 김현우였다.

명망 있는 가요제에서 금상을 수상한 이력으로 활동을 시작한 가수로, 보컬 트레이너로서도 명성을 쌓고 있는 인물이었다.

"자, 일단 앉자."

"예."

김현우의 말에 따라 일단 두 사람은 방 한가운데에 놓여 있는 탁자를 마주한 채 앉았다.

“자, 일단 처음은 대화로 시작을 해보자. 듣자 하니 MH 연습생이라지?”

“네.”

“보컬 레슨을 받을 때마다 욕먹기 일쑤고?”

“네.”

“어떤 방식으로 가르치디?”

김현우의 물음에 서윤은 최대한 있는 그대로 이야기를 했다.

호흡에 신경 써, 발성에 신경 써, 바이브레이션을 할 때는 호흡을 떨어줘야지 등등… 솔직히 잘 모르는 이야기를 해가며 다그치기만 한다고.

“흠… 틀린 말은 아니야. 그것들은 중요하지. 하지만 이해를 못했는데 해보라고 무작정 시킨다는 점은 좀 그렇구나.”

“그런가요?”

“물론 그분들의 수업 방식이 잘못되었다는 것은 아니다. 하지만 대형 기획사의 특성상 힘들 거야.”

그 말대로다. 대형 기획사인 MH의 시스템상 수많은 연습생이 존재하고 있다. 한 명 한 명 집중해서 가르친다는 것 자체가 무리다.

한 번에 다수를 가르칠 때도 있고 말이다.

“사람마다 특성이 다르듯, 가르치는 방법도 달라야 한다.

그 점에 있어서 너는 행운아다."

"네?"

"너는 개인 레슨을 받게 되었잖아?"

"아……."

서윤은 고개를 끄덕였다. 과연 그랬다. 누이는 서윤에게 김현우란 보컬 트레이너를 붙인 것이다.

"솔직히 말해봐. 너희 집 부잣집이지?"

"…뭐, 그렇네요."

"그런 표정 지을 것 없다. 내세울 필요도 없지만, 그렇다고 부끄러워할 필요도 없다. 문제는 네 의지야."

거기까지 말한 김현우는 서윤을 바라보았다.

"MH라면 아이돌 가수가 되겠지. 보아하니 넌 외모도 무척이나 잘났고."

그 말대로다. 김현우가 보기에도 서윤의 외모는 감탄성이 나올 정도로 대단하다. 막말로, 연예계에서도 보기 드물 정도의 S급 비주얼.

아마도 데뷔한다면 센세이셔널할 것이다. 훤칠한 키에 극강의 비주얼. 그것만으로도 충분하지 않겠는가?

"내가 보기에 너는 때가 되면 100% 데뷔한다. 굳이 나한테 노래를 배우지 않더라도 말이야."

"……."

"하지만, 너는 내 앞에 있어."

외모만으로도 충분히 데뷔할 수 있음에도, 노래를 배우기 위해 온 것이다.

"……."

"그럼 묻자. 넌 아이돌이 뭐라고 생각해? 멋진 외모, 춤이 전부인 10대 팬들의 우상?"

거기까지 말한 현우는 고개를 저었다. 그리고는 눈가를 빛냈다.

"물론 그것도 좋겠지. 하지만, 아이돌도 결국에는 가수다."

"그렇죠."

"그럼 결정해. 너, 나한테 정식으로 노래 배워볼래? 기초 호흡부터 발성까지. 아주 철저하게."

"배울래요."

서윤은 생각할 것도 없다는 듯 단언했다. 그 모습에 김현우는 히죽 미소를 지었다.

"자, 첫 수업을 시작하자."

김현우가 벽 한편에 놓여 있던 화이트보드를 가지고 왔다. 그리고는 간단한 그림을 그렸다.

"자, 이 그림이 뭘까?"

"뭔데요?"

화이트보드에 그려진 것은 동그라미였다. 특이한 점이라

면 동그라미 안쪽의 선 두 개였는데, 동그라미 중간 위를 시작점으로 아래쪽으로 삼각형 모양으로 벌어져 있었다.

"성대 구조다."

거기까지 말한 김현우는 얼떨떨한 표정의 서윤을 바라보았다.

"왜 노래는 안 가르쳐 주고 성대 모양을 그렸나, 라고 생각하겠지? 하지만, 시작 전에 이론부터 알고 들어가야지."

"그런가요?"

"성대의 구조는 어떤가? 호흡이란? 발성이란? 일단 이론을 알아야 이해도 빠른 법이다. 내가 아까 말했지? 아주 철저하게 가르쳐 주겠다고."

"네."

"그럼 들어."

김현우는 거기까지 말하고 이론 수업을 이어나갔다.

"자, 한 가지. 넌 소리를 낼 때 성대가 열린다고 생각해, 닫힌다고 생각해? 참고로 이 그림은 열려 있는 거다."

말 그대로다. 그림 안의 동그라미 안의 두 선은 삼각형 모양으로 벌어져 있으니까.

"그야 당연히 소리를 낼 때는 벌어지지 않을까요?"

"땡! 소리를 냈을 때는 성대가 닫힌다. 벌어져 있으면 소리가 나오지 않아."

서윤은 눈을 꿈벅였다.

그 뒤로 약 두 시간 동안 서윤은 김현우에게 이론 수업을 들어야만 했다.

성대의 구조부터, 호흡법, 발성법.

그리고 호흡에 소리를 싣는 법, 진성대와 가성대의 차이점 등.

"이것이 기초 이론 수업이다."

"네, 감사합니다."

"생각보다 간단하지?"

"이론 자체는 그리 많지 않네요?"

김현우가 내준 프린트는 채 4장이 되지 않았다.

"문제는 이 이론을 몸에 적용시키는 거다."

김현우는 그렇게 말했다. 그의 말대로, 문제는 이 이론을 머리뿐만이 아니라 몸에 숙지시켜야 한다는 점이겠지.

"불행한 이야기지만 몸에 숙지시키지 못한 가수들이 태반이지. 왜 가수들이 성대결절 같은 병에 시달리는지 알아? 정확한 호흡과 발성을 하지 못해서야."

거기까지 말한 김현우는 가볍게 한숨을 내쉬었다.

"발성이 제대로 되고 노래를 잘하는 사람들은 말할 때와 노래할 때 목소리가 같아. 물론, 근본적인 문제는 가수의 '유통기한'이 너무 짧아 기본기를 갖추는 데 소홀하다는 거지.

훈련을 받더라도 앨범 컨셉을 소화할 정도에 그치고, 그마저도 없이 특정 노래 기교만 빨리 습득하는 데 급급하니까.”

김현우의 말에 서윤은 고개를 끄덕였다.

확실히 생각해 보니, MH에서 배울 때에도 기교만 가르쳐 주었을 뿐이다. 하지만 김현우의 경우에는 성대 구조에 관해 그림까지 그려가며 이론부터 가르쳐 주었다.

“모르고 마냥 배우는 것과, 이론을 알고 배우는 것은 엄연히 다르다. 자, 그럼 오늘은 여기까지. 내일 보도록 하자.”

“감사합니다.”

서윤은 인사를 하고는 스튜디오를 나섰다.

김현우는 닫힌 스튜디오 문을 잠시 바라보며 피식 미소를 지었다.

한편, 스튜디오를 나선 서윤은 대기하고 있던 김 기사의 인도에 따라 MH에 도착했다.

그리고 4층 연습실에 도착했을 무렵이었다.

“저건 뭐야?”

서윤은 눈가를 찡그렸다.

같은 연습실의 선배인 박정호가 처음 보는 조그만 꼬마 아이와 이야기를 나누고 있었다.

“귀엽네. 크면 오빠한테 시집올래?”

“우웅~”

갓 열 살 정도나 되었을까? 한눈에 보기에도 무척이나 예쁜 여자애가 정호의 말에 볼을 부풀린 채 눈을 깜박이고 있었다.

"수경이라고 했지? 크면 오빠한테 시집오는 거다?"

뭔가 해서 조용히 다가갔건만, 아주 가관이었다. 서윤은 정호의 엉덩이를 발로 퍽하고 찼다.

"으악!"

갑작스런 공격에 정호가 바닥에 나뒹굴었다. 그리고는 당황해서 돌아보니 서윤이 혀를 차며 내려다보고 있었다.

"아주 지랄을 해라."

"서윤아?"

"이 양반 아주 상습범이구만? 저번에 아영이한테도 그러더니."

참고로 올해 20세인 박정호는 얼마 전 13살짜리 임아영에게도 '크면 오빠에게 시집와' 드립을 한 전적이 있다.

"야… 그래도 내가 형인데?"

"어이구, 형이셨어요? 아주 웃기셔요."

서윤은 정호에게 이죽거리고는 꼬마아이에게 시선을 주었다.

"그건 그렇고 넌 못 보던 꼬맹인데? 누구냐?"

그의 물음에 꼬맹이는 천진난만한 어조로 자신을 소개했다.

"제 이름은 정수경입니다. 나이는 9살. 언니 따라 놀러왔
어요."

"우와~ 높다."
서윤은 쉴 새 없이 자신의 귓가를 파고드는 재잘거림에 눈
살을 찌푸렸다.
"어휴~ 내가 어쩌다가."
어쩌다 보니 박정호의 마수(?)에서 구해낸 수경이란 꼬마
여자애를 팔에 안고 복도를 걷고 있었다.
서윤의 팔에 걸터앉아 연신 다리를 흔드는 폼이 그를 그네
내지는 놀이기구 정도로 생각하고 있음이 분명했다.
"우히~ 재미있다."
"인간 김서윤… 아주 갈 때까지 가는구만. 이 녀석아, 다리
흔들지 마. 떨어진다."
자신이 처한 상태에 자조하며 투덜거리는 것도 잠시, 혹여
나 애가 굴러 떨어질까 싶어 한마디 하지만 통할 리가 없다.
"그것보다 너, 언니 따라 왔다고?"
"우리 언니 이름 정수련. 열네 살이에요."
"그래, 그래."
아무래도 여자 연습실이 있는 3층에 데려다주면 될 것이리
라.

서윤은 그런 생각을 하며 계단을 따라 3층으로 향했다. 그리고 계단 모퉁이를 돌았을 무렵이었다.

「내, 내 동생 내려놔!」

잠시 시점을 바꿔보자.

연습생 제시 정, 한국명 정수련은 어린 나이이지만 연습생 생활을 시작한 지 벌써 2년째에 접어든 소녀였다.

아직은 한국어보다 영어가 더욱 편한 그녀는 안절부절못하는 표정으로 3층 내 연습실들을 기웃거리고 있었다.

'돌아다니지 말라고 했는데……'

그녀가 이렇듯 입술을 깨물며 불안한 표정을 짓고 있는 것은, 5살 터울의 친여동생 때문이었다.

오늘따라 땡깡을 부려 데려왔는데, 잠시 한눈판 사이에 이렇게 되어버렸다.

"곧 연습 시작할 거야."

같은 반 연습생들이 뭐라고 했지만 동생 걱정이 우선인지라 무시하고 동생을 찾기에 여념 없었다.

그러던 중, 4층으로 향하는 계단에서 이쪽으로 내려오고 있는 한 사람을 발견했다.

'헉! 무서운 사람.'

그는 다름 아닌 김서윤이었다.

회사 내에도 유명한 사람으로서, 수련이 듣기로는 엄청나게 무서운 사람이란다. 4층 연습생 오빠들도 꼼짝 못한다나?

왠지 모르게 움츠러 들어 고개를 숙이려던 찰나, 서윤의 팔 위에 안착해 있는 자그만 생물체(?)를 발견했다.

"수, 수경이?"

말 그대로 혼비백산이다.

어째서 저 무서운 사람과 수경이가 같이 있단 말인가?

하지만 그것도 잠시, 수련은 용기를 내었다. 수경이는 자신의 동생이 아닌가?

「내, 내 동생 내려놔!」

하지만, 당황했는지 영어로 외치고 말았다.

시점을 되돌려 보자.

갑작스레 들려온 영어에 서윤의 시선이 목소리가 들려온 쪽으로 향했다.

3층 복도에서 자신을 바라보고 있는 여자아이가 눈에 들어왔다. 어딘지 모르게 겁에 질린 듯, 그럼에도 양 주먹을 꼭 쥐고 있는 것이 자못 결연해 보인다.

서윤은 여자아이를 잠시 쳐다본 후 팔 안에서 여전히 다리를 흔들고 있는 수경에게 시선을 주었다.

"쟤가 네 언니?"

"네."

수경의 대답에 서윤이 수련의 앞까지 걸어왔다.

움찔! 움찔!

서윤이 다가설 때마다 주춤거리며 뒤로 물러서는 모습이 귀엽다. 뭐, 이 무신경한 사내가 그런 것을 신경 쓸 리 없지만.

"네가 이 꼬맹이 보호자냐?"

「그, 그래!」

"여어~ 혀 좀 굴리는데? 한국말 못해?"

"흐끅!"

호기롭게 대답한 것도 잠시, 서윤의 한마디에 딸꾹질까지 하는 모습이 아무래도 겁을 집어먹은 듯했다.

그 모습을 바라보던 서윤은 혀를 쯧 하고 차며 팔에 안고 있던 수경이를 내려주었다.

「옛다. 데려가라. 동생 관리 좀 잘하고.」

서윤은 뜻밖에 유창한 영어로 말하더니 몸을 휙 돌려 계단을 올라간다.

그 모습을 바라보던 수경이 손을 흔들며 외쳤다.

"오빠, 잘 가요!"

"오냐. 웬만하면 4층에는 올라오지 마라."

"꺄르르~"

뭐가 좋은지 서윤의 말에 수경이 꺄르르 웃는다.

서윤은 가볍게 손을 흔들며 올라갔다. 한편 그 모습을 바라보던 수경은 배시시 웃으며 입을 열었다.

"히히, 재미있었다."

"정수경! 언니가 얼마나 걱정했는데!"

그제야 정신을 추스른 수련이 어린 여동생을 타박했다. 하지만 그것도 잠시, 이윽고 걱정스런 표정으로 수경의 몸 이곳저곳을 살폈다.

"무슨 일 없었지?"

어린 그녀에게 있어 서윤은 너무도 무서운 존재였다. 그러니 그런 마음이 들 수밖에.

하지만 수경은 영문을 모르겠다는 표정으로 고개를 갸웃거리며 반문했다.

"무슨 일이 왜 있어?"

"……."

수련은 아무런 말도 할 수 없었다. 이윽고 수경은 이제는 계단 쪽을 바라보았다.

"히히, 언니. 나 내일도 놀러 올래."

"왜?"

"그냥~"

대답하는 수경의 눈은 장난기 가득한 반달 모양을 그리고 있었다.

아무래도 놀이기구(?)가 마음에 든 모양이다.

한편 4층으로 올라온 서윤은 연습실로 들어왔다. 그러자 여느 때처럼 제일 먼저 다가온 것은 윤수였다.

"오셨어요, 형님?"

"엉. 오디션 준비는 잘돼가냐?"

"그럭저럭요. 형님은요?"

"곡 선정은 했는데……."

하지만 다소 난감한 것도 사실이었다. 곡을 선정하면 뭐하는가? 안무 구성을 하지 못하는데.

아직 그에게 있어서 안무를 구성하거나 음악에 맞춰 프리스타일로 댄스를 하는 것은 무리다.

그 모습을 잠시 바라보던 윤수는 잠시 고심하는 듯하다가 입을 열었다.

"형님, 그럼 저랑 같이 팀 맞추시지 않을래요?"

＊　　　＊　　　＊

그날 저녁.

윤수는 멍한 표정으로 자신의 눈앞에 펼쳐져 있는 건물을 바라보고 있었다.

"뭐해? 들어와."

"에? 에?"

"팀을 맞추려면 중요한 것은 호흡. 합숙하는 것은 당연하잖아? 너 집이 광주라며? 어차피 다음 주면 너나 나나 방학이고, 우리 집에 있으면 굳이 광주랑 서울 오고갈 필요도 없고."

"아니… 그건 그렇다 치고……."

문제는 그것이 아니었다.

이 비현실적인 집은 무엇이란 말인가? 아니, 정확히는 저택이란 표현이 맞으리라.

잘 조경된 넓은 마당, 그 안에는 자그만 연못도 조성되어 있었다.

게다가―

'집에 수영장까지 있다고?'

말로만 들어봤지, 이 정도로 으리으리한 집을 두 눈으로 목도하고 보니 입이 쩍 벌어질 지경이었다.

회사 앞에 기사가 대기하고 있을 때부터 심상치 않았건만 한남동으로 들어섰을 때는 까무러칠 뻔했다.

모든 집들이 으리으리하다.

그가 어찌 알리오? 성북동과 더불어 재벌 1세 및 정재계인사들이 모여 산다는 부촌이 바로 이 한남동임을.

"그… 집들이 다들 으리으리하네요? 옆집도 그렇고."

윤수의 말에 서윤은 '옆집이야, 뭐.' 라고 중얼거리더니 심드렁한 표정으로 툭 내뱉듯이 말했다.

“우리나라 재개 서열 1위던가.”

“네?”

“그런 회장 할아버지 자택이라던데? 뭐, 난 만난 적이 없어서 잘 모르는데 하여튼 그렇다더만.”

쩌억!

윤수는 입을 쩍하고 벌릴 수밖에 없었다. 하지만 서윤은 대수롭지 않은 표정으로 앞장서며 윤수를 이끌었다.

그리고 잠시 뒤.

“크, 크다…….”

윤수는 얼떨떨한 표정으로 자신에게 배정된 방을 바라보고 있었다.

그에게 있어서는 컬쳐 쇼크의 연속이었다.

말로만, 그리고 TV에서나 보던 저택이다. 게다가 남는 방이라며 마음껏 쓰라고 내준 방은 또 어떤가?

족히 자신의 광주 본가의 방에 대여섯 배는 될 듯하다.

한마디로 미칠 듯이 넓다. 그러던 중 문밖에서 서윤의 목소리가 들려왔다.

“야, 들어간다.”

“네.”

윤수의 대답에 문이 열리며 서윤이 방 안으로 들어왔다.

“방은 어때?”

"마음에 들어요. 조금 부담스럽기는 하지만."

솔직히 그렇다.

남의 집에서 신세를 지는 것은 무척이나 부담스러운 것이 틀림없다. 게다가 이토록 호화로운 방이라면 더하다.

"짜식. 부담스러워할 것 없다. 부모님도 좋아하시고."

"…하하하."

서윤의 말에 윤수는 메마른 웃음을 흘렸다. 끌려오다시피 한 것이기는 하지만 아무래도 얹혀살아야 하는 입장이다 보니 처음에는 상당히 긴장했었다.

하지만 서윤의 부모님은 도리어 기뻐하며 윤수를 맞이해 주었다.

그네들의 입장에서는 사고만 쳤던 아들이 손님을 데려오는 모습이 좋았던 것이겠지.

"광주는 내일 내려가냐?"

"네. 가서 하루 자고 학교에 등교하면 방학이니까요."

"언제 올라올 건데?"

"방학식 끝나자마자 바로 올라올 거예요."

"그랴."

서윤은 고개를 끄덕이고는 이내 윤수를 잡아끌고 저택 지하로 이동했다.

그 와중에 1층에서 마주친 서윤의 부모님이 윤수를 흐뭇하게 바라보았다는 것은 넘기기로 하자.

"형? 여기는?"

윤수는 자신을 가로막은 문을 바라보며 물었다.

서윤은 대답 대신 문을 열고 안으로 들어간 뒤 전등을 켰다. 뒤따라 들어온 윤수는 멍한 표정을 지을 수밖에 없었다.

대략 30여 평 정도 될까? 여기저기 낡은 가구나 박스들이 쌓여 있는 방이었다. 아마도 창고쯤 되어 보인다.

"연습실이다."

"네?"

"우리 연습실이라고."

서윤의 말에 윤수는 입을 벌렸다. 오늘 참 여러 번 놀란다고 생각을 하면서.

"내일 여기 싹 치우고 벽에다가 통유리 설치할 거야. 너 서울 올라올 때쯤이면 간단한 음향기기도 들여 올 거고."

서윤의 말에 윤수는 멍한 표정으로 중얼거렸다.

"…형, 진짜 대단하네요?"

"뭐가?"

"이렇게까지 할 수 있으니까요."

윤수의 말에 서윤은 가볍게 눈가를 찡그렸다.

"부모 잘 만나서 그런 거야."

"보통 그런 말 잘 안 하는데."

"눈떠 보니 그런 부모님에게서 태어났는데 뭐 어때?"

서윤의 말에 윤수는 너털웃음을 터트렸다. 확실히 그의 말이 맞다. 그런 집안에서 태어났는데 뭐 어쩌란 말인가?

"누가 그러더라? 내세울 필요도 없지만 부끄러워할 필요도 없다고."

김현우가 해줬던 말을 그대로 내뱉은 서윤은 팔짱을 낀 채 진지한 어조로 말을 이었다.

"이왕 시작했는데 대충할 생각은 없어."

"네. 저희 열심히 해봐요. 그리고……."

"……?"

"도와주셔서 감사드려요."

집에서 반대가 심한지라 지원도 해주지 않았다. 그러다 보니 방학 후 어떻게 서울에서 지내야 할지 막막했던 상태.

아르바이트를 하며 연습실이나 찜질방, 최악의 경우에는 회사 근처 공원에서 노숙도 각오하고 있었다. 하지만 서윤 덕분에 그러한 상황은 피하게 되었으니 어찌 고맙지 않겠는가.

"시덥지 않은 소리 그만하고 이만 올라가자."

하지만 서윤은 퉁명스럽게 대답하며 몸을 돌려 방을 나설 따름이었다.

윤수는 그런 서윤의 뒷모습을 바라보며 살짝 미소를 지었다

성격도 괴팍하고 입도 거칠다. 게다가 폭력적인 면도 있어 무섭기는 하지만…….

'역시, 나쁜 사람은 아니었어.'

한편 계단을 올라가던 서윤은 입술을 꾹 깨물며 생각했다.

'재워주고 먹여주는데, 아주 골수까지 빼먹어야겠지?'

아무래도 윤수는 헛다리를 짚은 것이 아닐까?

＊　　　＊　　　＊

윤수와 서윤이 합숙을 한 지 어느덧 한 달이란 시간이 지났다.

그간 두 사람은 회사와 집을 가리지 않고 연습을 거듭했다.

서윤의 춤 재능은 윤수조차 혀를 내두를 만큼 천재적이었다. 그러다 보니 한 달이라는 짧은 시간 만에 실력은 빠른 속도로 늘어갔다.

지금 같은 페이스라면 다음 달에 있을 오디션 때까지는 문제가 없으리라. 하지만 문제는 다른 곳에 있었다.

"아… 아… 아……!"

"그만."

김현우의 말에 서윤이 발성을 멈췄다.

"이제야 안정적으로 호흡에 소리는 실을 수 있게 되었네."

“하하…….”

서윤은 메마른 웃음을 흘렸다.

레슨을 시작하고 딱 한 달 만에 들은 소리랄까?

“하지만 아직 갈 길이 먼 것은 알지?”

“네.”

솔직히 그렇다. 근 한 달 동안 김현우에게 배운 것은 호흡과 발성, 이 두 가지뿐이었다. 그것도 레슨 시간 내내 반복해서 훈련한다.

일상생활을 할 때도 배운 대로 호흡하고 말을 해야만 했다. 까놓고 말해 처음에는 힘들어 죽는 줄 알았다.

일일이 신경을 써야 했기 때문이다. 하지만 시간이 지나다 보니 조금씩 몸에 익숙해진 것이다.

“이제는 소리 낼 때 목에 힘도 들어가지 않고.”

“한 달 동안 주구장창 이것만 했잖아요.”

서윤은 질렸다는 어조로 말했다. 하지만 김현우는 눈가를 빛내며 손가락을 좌우로 흔들었다.

“내가 몇 번이고 말했지. 기초야말로 가장 중요하다고.”

“노래는 언제 가르쳐 주는데요?”

“뭘?”

“두성, 흉성, 그리고 바이브레이션 같은 테크닉이요.”

“두성? 흉성? 뭔 시덥잖은 소리야?”

김현우가 고개를 절레절레 내저었다. 그리고는 이내 눈가를 빛내며 천천히 입을 열었다.

"노래를 잘 부른다. 또는 못 부른다. 그 이유에 대해 광범위하게 생각하기 전에 간단히 생각해 봐. 흉성? 두성? 비성? 고음? 바이브레이션? 테크닉컬한 창법? 자, 근본적으로 노래 잘하는 것, 노래를 못하는 것의 차이는 무얼까?"

"……"

"깊게 생각해 봐야 답은 안 나온다. 기초적으로 이야기해 보자. 노래는 무엇으로 이루어져 있을까?"

"글쎄요?"

"작사된 가사는 말과 감정으로 이루어져 있고, 작곡된 음률은 멜로디와 리듬으로 이루어져 있다. 그게 노래야."

거기까지 말한 김현우가 잠시 서윤을 바라보다가 다시금 말을 이었다.

"노래가 우선이야. 발성이란 노래의 부족한 부분을 해결하기 위한 수단일 뿐. 대중가수, 팝가수 모두 그럴걸? 자신의 노래를 보완해 주고 감정을 표현하기 위한 또 다른 수단으로 발성을 접하고 공부하는 거야. 하지만 요즘 인터넷이나 레슨에서 만난 대부분의 지망생들은 노래보다는 발성에 관심이 더 많아. 웃기지 않아?"

"에? 뭐……"

김현우의 말은 차분했지만, 너무도 신랄했고 또한 왠지 모르게 서윤을 부끄럽게 하는 듯했다.

"노래를 별로 불러본 경험도 없이 발성을 접하고 시작하는 사람이 많아. 빨리 발성을 터득하여 멋지게 노래를 부르는 상상을 할지 모르지만 이것은 생각부터가 잘못된 거야. 음정, 박자, 발음… 본인이 소화할 수 있는 낮음 음역대에서조차 우스꽝스러운 실력을 가지고 있음에도 그것이 발성으로 해결되리란 생각은 철저한 오산이다. 무슨 의도로 이런 말을 하는 것인지 알겠어?"

"…네."

"내가 가르쳐 준 발성이 특이한 거냐?"

"아니요."

그가 가르쳐 준 것은 단순했다. 성대의 구조, 그리고 호흡과 발성에 대한 기초 이론 교육.

실전으로 들어가자면 숨을 들이마시고 내쉬는 호흡법, 그리고 성대에서 시작한 소리를 앞으로 내는 것이 아닌 가슴으로 울리며 내는 법뿐이었다. 마지막으로 호흡에 소리를 싣는 법.

이것이 요 한 달간 김현우에게 배운 모든 것이었다.

지루하기 짝이 없는 반복 훈련을 통해 일상생활에서조차 몸에 배도록 한 것뿐이란 말이다.

"서윤아, 많이 듣고, 많이 불러봐. 두성? 흉성? 바이브레이션? 고음을 잘 내고 싶다는 것만으로는 무엇 하나 이룰 수 없다. 가장 좋은 선생님은 명곡을 반복해서 듣고 그 특유의 필(feel)을 내 것으로 만들려고 하는 노력이다. 누가 들어도 느낌 자체가 좋지만 무언가 부족할 때, 그때야말로 내가 본격적으로 도와주마."

"……."

"그전까지 내가 해주는 레슨은 기초적이고 올바른 호흡과 발성을, 그러니까 탄탄한 기본기를 닦도록 도와주는 것뿐이야. 기교만 배우고 싶다면 지금이라도 때려쳐."

김현우의 나지막한, 하지만 묵직한 어조에 서윤은 아무런 대답도 할 수 없었다.

그날 밤, 서윤의 집 지하 연습실.

회사에서 연습을 끝내고, 집에 돌아와서도 2시간가량 안무를 맞춰본 뒤 퍼져 버린 윤수는 서윤을 바라보며 혀를 내둘렀다.

역시나, 괴물 같은 체력의 소유자랄까?

완전히 녹초가 되어버린 윤수와는 달리 서윤은 자리에 서서 기초적인 호흡법과 발성 훈련을 병행하고 있었다.

그 모습을 바라보던 윤수가 대뜸 말문을 열었다.

“형님, 괜찮겠어요?”

“엉? 뭐가?”

“춤은 그렇다 치고, 노래 말이에요.”

“……?”

“계속 지켜본 거지만, 형님 맨날 호흡하고 기초 발성만 연습하시는 것 같던데.”

한 달가량 같이 지내다 보니 윤수 역시 서윤이 개인적으로 보컬 레슨을 받고 있음을 알고 있었다.

문제는, 윤수가 보기에 서윤이 노래를 부르는 모습을 본 적이 없다는 점이다.

안무야 팀으로 나가거니와 합숙을 하고 있으니 진척 속도를 확인할 수 있지만 노래는 아니었다.

더욱이 보컬 평가의 경우는 팀이 아닌 개인별로 받는다.

“그렇지 않아도 이제 노래를 좀 불러보려고 한다. 기초는 웬만큼 몸에 뱄으니까.”

“그렇다면 다행이겠지만요.”

서윤의 말에 윤수는 어색한 미소를 지었다.

윤수가 알기로 서윤의 노래 실력은 좋은 음색을 가지고 있음에 비해, 뛰어나지 않다고 들었다. 막말로, 서윤은 얼굴로 캐스팅되었으니까.

물론 춤에 천재적인 재능을 보이기는 했지만 그건 들어와서 배우다 보니 발견한 것일 뿐.

그래서 개인 보컬 선생까지 붙은 것 같은데, 주구장창 기초만 반복하고 있다.

윤수의 걱정스런 말에 서윤은 귀찮다는 듯 손을 내저었다.

"너나 열심히 하고, 자정이다. 어여 올라가서 자라."

"형님은요?"

"난 조금 더."

"저도 웬만하면 같이하고 싶은데 눈이 감겨오네요."

윤수는 아쉽다는 표정으로 입맛을 다시더니 '끙!' 하는 신음성과 함께 몸을 일으켜 연습실을 나섰다.

그 후로 30여 분 정도 발성 연습을 하던 서윤이 한쪽 구석에 놓인 노트북을 켰다.

"일단 많이 듣고, 많이 불러보라 이거지?"

서윤은 나지막하게 중얼거리며 인터넷의 바다 속으로 빠져 들어갔다.

윤수와 합숙을 하며 서윤은 조금씩 달라지고 있었다.

역시나 실력이 늘고 칭찬을 받으니 조금씩 배우는 재미에 빠져든다고 할까?

어느덧 서윤은 스스로 연습을 하기 시작했다.

그리고 소위 말하는 명곡들을 찾아 리스트를 짜기 시작했다.

*   *   *

다음 날, MH 엔터테인먼트.

휴게실에서 한편의 신파극이 펼쳐지고 있었다.

"흐잉~ 언니 안 가면 안돼요?"

아영은 눈물을 뚝뚝 흘리고 있었다. 그것은 수아 역시 마찬가지.

"아영아, 꼭 한국으로 돌아올 거야!"

"흐잉~"

얼씨구? 이내 두 사람이 껴안고 지지고 볶기 시작했다.

그 모습을 보던 서윤은 자신의 팔에 앉은 채 유기농 오렌지 주스를 홀짝이는 현희를 바라보았다.

처음에는 기겁을 하더니 요즘 들어서는 서윤의 팔이 놀이기구라도 되는지, 종종 엉덩이를 붙이고 앉아 윗 공기를 만끽(?)하고는 한다.

"꼬맹이… 아니, 현희야. 쟤네 왜 저러냐?"

서윤은 습관처럼 나오려던 꼬맹이란 단어를 황급히 전환했다. 꼬맹이란 단어에 눈살을 살짝 찌푸리던 현희는 '이번에는 봐줄게요.' 란 표정을 짓더니 입을 열었다.

"수아 언니, 곧 일본에 가시거든요."

"식충이 1이? 왜?"

"여자한테 식충이라니요! 실례예요."

"거참, 일일이 따지고 들지 말라고."

서윤의 말에 현희는 못내 마음에 들지 않는다는 표정이었
다.

"답답하게시리. 어서 말해보라니까?"

"그게 어떻게 된 거냐면요."

현희는 차분하게 지금의 상황을 설명하기 시작했다.

요약하자면 그러하다. 본래 수아는 '한국·일본 다이나믹
듀오 오디션'이란 것에 합격함으로써 MH에 캐스팅되었다.

그 후, 한국에서 기초적인 훈련을 받았고 일본으로 넘어가
활동을 시작한다는 것이다.

"아하, 그래서 저렇게 질질 짜고 있구만?"

연습생들 중 각별했던 두 사람이기에 저런 것일 테지.

"우리 언니, 말도 안 통하는 타국에 어떻게 보내!"

"아영아!"

울고 불고를 넘어 이제는 신파극으로 치닫고 있었다.

"생쇼들 하고 있네."

"우리의 우정을 생쇼라니?"

역시나 단짝이랄까? 토씨 하나 안 틀리고 똑같은 문장을
토해내는 모습이 신기하다.

하지만 서윤은 새끼손가락으로 귓구멍을 후벼 파며 심드렁한 어조로 말했다.

"듣자 하니, 영원히 못 볼 것도 아니구만."

"오빠는 센티멘탈하지 못해."

"너희 둘이 오버하는 거라고는 생각 안 들고?"

서윤의 말에 아영과 수아는 입술을 댓 발이나 내밀고 투덜거렸다. 하지만 낯짝 두꺼운 그가 동요할 리 없었다.

그는 현희가 떨어지지 않도록 안고 있는 팔의 위치를 추스른 뒤 수아를 내려다보았다.

"언제 출국하는 거냐?"

"다음 달 1일에."

"이것저것 준비하느라 바쁘겠네."

"응, 숙녀는 본래 그런 법이니까."

양손을 허리춤에 가져다 댄 채 빈약한 가슴을 쭉 내밀며 말하는 모양새에 서윤이 '풋!' 하고 웃었다.

"숙녀가 아니가 식충이 1이겠지?"

"이익!"

수아는 분해서 못 참겠는지 애꿎은 바닥을 발로 쿵쿵 찧었다. 그 모습을 바라보던 서윤은 현희를 안고 있지 않은 자유로운 손을 그녀의 머리 위에 얹었다.

"…오라방?"

수아는 자신의 머리에 느껴지는 서윤의 따뜻한 온기에 눈을 동그랗게 뜨고 고개를 들었다.

"우리 중에는 네가 가장 먼저 데뷔하게 되었구나."

언제나 비아냥거리고 윽박지르기 일쑤던 서윤이 아니었다. 수아는 얼떨떨한 어조로 대답했다.

"아… 그렇게 됐네."

"네가 원해서 시작한 길이다. 결과가 어떻게 될지는 알 수 없지만, 씩씩하게 하고 돌아와라."

"응."

"가자, 식충이 1 데뷔 기념으로 오늘은 근사한 곳에서 쏜다!"

"와아!"

"오라방 최고야!"

조금 전까지 질질 짠 것은 이미 잊어버렸는지 방방 뛰는 두 사람을 보며 서윤은 미소를 지었다.

"그것보다 뭐 먹으러 갈까?"

"오라방, YJP 근처에 맛있는 집에 있대."

"응?"

YJP 엔터테인먼트라면 90년대를 풍미했던 싱어 송 라이터인 박영진이 세운 기획사로, MH에서 얼마 떨어지지 않은 곳에 있기는 하다.

“뭐, 상관없겠지. 앞장서.”

서윤의 말에 수아과 아영는 언제 신파극을 찍었냐는 듯 신나서 앞장서기 시작했다.

그러나 잠시 후, 그는 뜻하지 않은 악동 꼬맹이 불청객을 맞이해야만 했다.

그 불청객이 누구냐면…….

서윤은 양팔에 느껴지는 무게에 가볍게 눈살을 찌푸렸다.

“현희야, 넌 내려와서 걷는 게 어때?”

“제가 무거운 건가요?”

찌릿.

왠지 메마른 어조와 더불어 따가운 눈빛에 서윤이 휘파람을 불며 허공으로 시선을 옮겼다.

현재의 상황을 설명하자면 이러하다.

서윤의 오른쪽 팔에는 현희가 안겨 있다. 하지만 오늘은 조금 달랐다. 바로 왼쪽 팔에 엉덩이를 걸치고 앉아 쫑알거리고 있는 꼬맹이의 존재랄까?

“오빠, 난 안 무겁지?”

이름이 수경이라고 했던가? 인형같이 귀여운 외모의 아이가 귓가에 대고 쉼 없이 쫑알쫑알하는 있는 모습은, 남들이 보기에 영락없는 삼촌과 조카의 모습이었지만 당사자는 죽을 맛이었다.

"내, 내 동생 내려놔… 요."

그리고 뒤에서 쫓아오며 자신의 팔에 무임승차한 꼬맹이를 내려놓으라고 쫑알거리는 외국물 먹은 꼬마까지. 이름이 수련이라고 했던가?

특히 외국물 먹은 꼬마는 발음이 어색하기 이를 데 없음을 밝혀두자.

"에휴."

서윤은 가볍게 한숨을 내쉬며 거리를 거닐고 있었다.

양팔에는 초등학교 5학년생과 9살짜리 여자애 두 명을 안고, 아영과 수아, 수련이 쫄래쫄래 그 뒤를 쫓아오고 있는 꼴이었다.

한 달 전이었나? 그때 수경이를 처음 본 이후로 가끔씩 회사로 놀러 오고는 했다.

문제는 올 때마다 서윤의 팔이 지정석이라도 되는 양 거침없이 달려든다는 점이었다.

음, 솔직히 이야기하자면 귀여워서 봐준 거다.

"내 동생 내려……."

"너 발음 좀 그만 굴릴 수 없냐? 이건 뭐 영어야, 한국어야?"

"……!"

지치지도 않는지 지 동생 내려놓으라고 쫑알거리던 수련을 향해 서윤이 한마디 하자 입이 댓 발이나 튀어나와서 눈을 흘겼다.

하지만, 서윤이 그런 것에 신경 쓸 리 만무하다.

"근데, 볼 때마다 느끼는 거지만 오라방은 정말 대단하다."

"앙?"

수아의 말에 서윤이 고개를 갸웃거리며 반문했다.

"어떻게, 그렇게 양팔에 애들을 안고 다녀? 뭐, 수경이는 그렇다 치지만……."

"언니, 저 그렇게 안 무거워요!"

괜히 찔렸는지, 현희가 대번에 얼굴을 붉히며 빽! 하고 소리쳤다.

하지만 수아는 가볍게 무시해 주며 서윤을 올려다보았다. 사실, 그렇기는 하다.

초등학교 5학년생의 여자아이를 양손도 아닌 한 팔에 안아 들고 장시간 걷는다는 것은 상식적이지 않다.

하지만 현재 서윤은 양팔에 한 명씩을 안아 들고 있다. 다른 사람이 본다면, '이 무슨 비상식적인 일이!' 라고 소리칠 법한 상황.

"서윤 오빠 힘 댑다 세니까 그런 거야."

임아영 양은 대수롭지 않게 말했다. 그러자 수아도 '역시 그렇지? 라고 말한 뒤 웃어넘겼다.

하지만 아직까지 안절부절못하고 있는 이가 있었으니, 수련이었다.

자신의 여동생이 저 무례하고, 무서운 사람과 가까이 하는 것이 마땅치 못했기 때문이다.

"언니, 얼굴 좀 펴요. 주름 생겨요."

"큭!"

그런 수련을 아영이가 타박했다. 침음성을 흘리면서도 주름은 걱정되었는지 찌푸려진 표정을 편 수련을 바라보며 수아가 '흐흥~' 하고 미소를 지었다.

"우리 수련이, 그러면서도 매번 따라오는구나."

"…단지 수경이가……."

"동생 핑계 대면서 너도 매번 맛난 거 얻어먹잖아."

"무, 무슨!"

수련은 대번에 부정했지만 현실은 그랬다. 몇 번 이 패거리에 껴서 밥을 얻어먹는 입장인 것이다.

"아영이가 어제 검색해 봤는데, 거기 분식이 무지 맛있대."

"그, 그래? 아, 아니야, 난 우리 수경이가 걱정되서 그러는 것뿐이라고!"

일단은 그렇게 자신을 합리화시키는 수련이었다.

"그래, 그렇다 치자고. 수련 양."

"진짜라고!"

얼씨구, 또 투닥거린다.

아영은 어느 틈에 수아와 수련 사이에 서서 싸움을 부추기고 있었다.

"아무나, 이겨라! 이기는 편 우리 편!"

그 모습을 발견한 현희는 얼굴을 붉혔다.

"언니, 부끄러워요!"

현희는 주접을 떠는 언니들이 부끄러워지기 시작했다. 그런데 눈치 없는 남자가 이 와중에 투덜거린다.

"좀 내려와서 걸어, 이 꼬맹아!"

"오빠, 저 그렇게 안 무겁다니까요? 그리고 꼬맹이 아니에요."

"예예, 알겠습니다."

서윤은 고개를 끄덕이며 발걸음을 옮기는 수밖에 없었다.

결론부터 말하자면, 수아와 수련의 투닥거림은 오늘의 목적지에 도착하고서야 멈췄다. 더불어서 서윤의 양팔도 자유를 찾았고 말이다.

"여기냐?"

"응, 여기 맛있데. YJP 연습생들도 자주 이용한다더라."

"그래? 일단 들어가……"

삐리릭.

그때 들려온 핸드폰 소리.

단음이나 4음, 16음이 아닌, 40화음에 이르는 최신형이다 보니 벨소리도 고급스럽기 그지없다.

"먼저 들어가라. 주문은 알아서들 하고."

"앙! 오라방 거는?"

"알아서."

서윤의 말에 아이들이 고개를 끄덕이고는 가게 안으로 후다닥 들어갔다.

전화를 받아 보니 어머니였다.

밥 잘 챙겨먹고 연습 열심히 하라는, 별다를 것 없는 안부 전화였다.

"그렇지 않아도, 꼬맹이들이랑 먹으러 왔어."

"후후, 그래?"

사실 서윤의 모친인 이정민 여사 역시 소녀들의 존재를 알고 있다.

왜냐하면 서윤의 카드 명세서 때문이다.

잘사는 집의 자식이기는 하지만 평소 서윤의 씀씀이는 생각 외로 크지 않았다. 기껏 해봐야 오토바이의 기름 값 정도였달까?

그런데 회사에 들어간 뒤, 카드 값이 엄청나게 늘어난 것이다.

처음 이정민 여사는 놀랐다. 오토바이도 압수했겠다. 평소 사용하는 빈도로 보아 이 정도가 나올 리 없었기 때문이다.

혹시나 이상한 짓을 하고 다니나 하는 마음에 상세 내역을 뽑아보았더니 이게 웬걸?

카드 명세서에 적힌 승인 내역 대부분이 음식점이었다.

뭐, 이러니저러니 해서 서윤에게 물어본 결과 이 식충이들의 존재를 알게 되었다는 결론이다.

"여전히 먹성 좋은 아이들이구나."

"엄마의 돈을 쪽쪽 빨아가고 있는 식충이들이라고."

"그래도 엄마는 보기 좋구나. 네가 아이들하고 다닌 이후부터는 사고 안 치잖아."

가진 게 돈밖에 없는 가족들에게 있어서는 그깟 카드 값 보다 막내아들이 사고 안 치는 게 더 중요하다는 뜻이었다.

"…그럼 나 오토바이 돌려주면……."

"호호, 그건 안 돼. 밤에 집에서 보자, 아들."

뚝.

"어, 엄마……!"

역시나, 단호하게 기각하고 끊어버리는 이정민 여사였다.

서윤은 고개를 떨구며 한숨을 내쉬었다. 그리고는 식당 안으로 들어가려던 찰나였다.

"미안하지만, 잠시 실례해도 될까?"

"네?"

문득 들려온 목소리에 고개를 돌려보니 한 남자가 서 있었다. 또한 서윤이 알고 있는 사람이었다.

연습생이기는 하지만 이 바닥에 몸담고 있음을 떠나, 대중적으로 알려진 이 유명 인사를 모를 리 없었다.

"…나를 아는군?"

"모를 리가 없잖아요?"

서윤의 말에 남자는 씩 웃었다. 그가 바로, YJP 엔터테인먼트의 대표 박영진이었으니 말이다.

그는 어딘지 모르게 반짝거리는 눈으로 서윤을 쭉 훑어보며 중얼거렸다.

"모처럼 식이랑 혜선이 밥 사주러 가다가 보석을 발견했네."

"저, 무슨 일이시죠?"

서윤은 안 되겠다 싶었는지 물었다. 그러자 박영진은 '아차차!' 하며 대뜸 말했다.

"혹시 연예인 해볼 생각 없나?"

"죄송하지만, MH 연습생입니다."

순간 박영진의 눈에 낭패감이 깃들었다.

"그런가? 아쉽구만."

박영진은 연신 아쉽다고 중얼거렸다. 잠시 그 모습을 바라보던 서윤은 꾸벅 인사를 했다.

“애들이 기다리고 있어서… 실례하겠습니다.”

서윤이 몸을 돌려 식당 안으로 들어가려 하다가 고개를 갸웃거렸다. 왜냐하면 박영진이 뒤따라오고 있었기 때문이다.

박영진은 그런 기색을 느꼈는지 입을 열었다.

“공교롭게도, 나도 목적지가 같은 것 같은데?”

그제야 서윤은 고개를 끄덕이고는 문을 열고 안으로 들어갔다.

“그래, MH 연습생들이라고?”

서윤은 귀찮다는 표정으로 자신의 맞은편에 앉아서 아이들에게 말을 걸고 있는 영진을 바라보았다.

아무래도 영진은 서윤에 대한 흥미가 강하게 남아 있었던 모양이다.

은근슬쩍 자신들의 자리에 합석을 한 영진의 넉살맞음에 혀를 내둘렀다.

‘에휴, 모르겠다.’

서윤이 화려한 과거를 가지고 있지만, YJP의 수장에게 함부로 대할 정도로 막돼먹은 놈은 아니다.

그런 생각을 하고 있을 무렵, 서윤은 자신을 뚫어지게 바라보고 있는 시선을 느끼고 그쪽으로 고개를 돌렸다.

"앙? 뭐냐?"

그곳에는 자신을 초롱초롱한 눈망울로 바라보고 있는 한 소년이 있었다.

'조식이라고 했던가?

MH의 꼬맹이들에게 친근하게 말을 걸고 있는 영진의 옆자리에 앉아 있는 YJP의 연습생 두 명.

둘 다 외국물 먹은 꼬맹이(수련)랑 동갑이라고 했다. 여자아이는 민혜선, 남자아이는 조식이라고 소개받았다.

"얼굴 뚫리겠다."

"서윤 형이라고 했죠? 형 댑다 잘생겼어요."

갑작스런 조식의 말에 서윤이 눈을 깜박이며 고개를 갸웃거렸다.

"그러냐?"

"네."

서윤의 반문에 조식이 고개를 크게 위아래로 끄덕였다.

"솔직히 얼굴은 MH가 짱이라고 하던데, 정말이네요?"

말하는 폼새나 행동거지가 상당히 까불거린다. 그나마 애 자체가 선해 보여서 다행이다.

그때, 옆에 앉아 있던 민혜선이 조식의 팔을 조용히 잡아끌었다. 조식과는 달리 차분한 행동거지다.

"식아, 실례야."

"앙? 왜?"

"릴렉스."

혜선의 말에 조식은 이내 입을 다물며 고개를 끄덕인다.

아무래도 저 여자애가 까불거리는 꼬맹이의 브레이크처럼 보였다. 또래답지 않게 조용한 모습이 사뭇 어른스러워 보인다.

"우리 쪽 꼬맹이들이랑 완전 반대인데?"

"오라방!"

"오빠, 뭔가 실례되는 생각을 한 듯한 느낌이 들었어!"

이럴 때만 눈치가 100단인 수아와 아영이 대번에 달려들려고 들썩였다.

하지만 상대는 서윤이다.

이딴 꼬맹이들 따위 다루는 법은 예전에 마스터했다.

"옛다. 오빠 것 가져다 먹어라."

서윤의 앞에 놓인 낚지 볶음밥을 밀어주니, 먹이를 향해 달려드는 하이에나 무리처럼 숟가락을 들고 초토화시키기 시작한다.

아주, 그냥 접시에 얼굴까지 들이박을 기세다.

"언니들, 창피해요! 그리고 꼭꼭 씹어 드세요. 안 그러면 기도가 막혀서 죽어요!"

"여전히 살벌한 어휘를 구사하시는군, 서현희 양."

"그, 그건……."

서윤의 비아냥거림에 현희는 양 볼이 붉어져서 우물쭈물한다. 그는 히죽 웃어주고는 자신의 옆에 앉아 깨작거리며 밥을 먹고 있는 외국물 먹은 꼬맹이를 바라보았다.

꽤나 낯을 가리는지, 합석한 영진 쪽은 쳐다보지도 못한다. 말수도 확연히 줄어들었고 말이다.

"어색해?"

서윤은 수련의 귓가에 대고 조용히 속삭이듯 말했다. 영진에게 들려봐야 좋을 것은 없으니까.

수련은 귓가에 들려오는 서윤의 목소리와 입김에 놀랐는지 어깨를 들썩였지만 이내 조그맣게 고개를 끄덕인다.

서윤은 혀를 쯧쯧 차며 손을 들어 수련의 머리를 한 차례 쓰다듬어 주었다.

"쯧쯧, 너 그래서야 나중에 어떻게 연예계 생활 하려고 하냐?"

"그, 그건."

"얼씨구? 웬일로 고분고분하네?"

"누가! …요."

서윤의 말에 수련이 빽하고 소리를 치려다가 양손으로 입을 막았다. 모두의 시선이 자신에게 향해 있었기 때문이다.

보통이라면 수련과 같은 반응을 보이는 게 정상일 수도 있겠지만, 그녀는 연예인 지망생이다.

"조금씩 고쳐 가라. 듣자 하니 오디션 때도 카메라 테스트 할 때 울기만 했다며?"

"……."

"쳇, 내 앞가림도 못하면서 웬 조언이람. 신경 꺼라, 꼬맹이."

"꼬맹이 아니… 에요."

수련의 말에 서윤은 눈살을 찌푸렸다.

"말을 놓든지, 그게 아니면 확실히 존댓말 해. 우물거리지 말고."

"그, 그건……."

아직, 서윤이 무서워서라고는 절대 말 못하는 수련이었다.

그런 수련을 뒤로하고 서윤은 애들을 쭉 둘러보았다. 어느새 음식 그릇들은 모두 비어져 있었다.

"다들 먹었냐?"

"응!"

"맛있었어, 오라방."

아영과 수아, 그리고 외국물 꼬맹이의 여동생은 고개를 끄덕였다. 입 주위에는 음식 잔해물들이 잔뜩 묻어 있는 상태로.

"쯧쯧, 칠칠치 못하게시리. 외국물 꼬맹이 동생이야 어려서 그렇다 쳐도 너희는 이게 뭐냐?"

서윤은 티슈를 세 사람에게 건네주며 핀잔을 주었다. 그리고는 영진에게 시선을 돌렸다.

"저희는 이만 일어나 볼까 합니다만."

"아, 그래? 이거 실례가 아니었나 모르겠네?"

'충분히 실례였습니다.' 란 말이 목구멍을 타고 올라왔지만 입을 다문 채로 고개를 내저었다.

"아닙니다."

"좋은 만남이었어. 모두들 착하고 밝아서 즐거운 시간이었네."

"하하……."

"기회가 되면 우리 회사에도 놀러 오고."

"그랬다가는 저희 대표님이 가만히 있지 않으실 텐데요?"

아마도 그 꼰대라면 길길이 날뛰지 않을까?

"하하… 그도 그렇겠군."

"가보겠습니다."

인사를 건넨 뒤 서윤이 애들을 이끌고 일어났다. 그리고 계산대로 향했다. 그런 모습에 영진이 그럴 것 없다는 표정으로 입을 열었다.

"계산은 내가 할 테니 그냥들 가."

"네? 하지만……."

서윤의 말에 영진은 미소를 지었다.

"비록 미래의 라이벌이라고는 하지만 차후, 연예계를 이끌어갈 인재들을 미리 알게 된 기념이라고 해두자고. 그리고, 난 그리 쪼잔한 사람은 아니야. 그때는 그때고, 지금은 지금이니까."

"그러시다면… 잘 먹었습니다."

서윤의 인사에 아이들 역시 꾸벅 인사를 한다. 그 모습을 흐뭇하게 바라보던 영진이 입을 열었다.

"그리고 말이야……."

"네?"

서윤이 고개를 갸웃거리며 영진을 바라보았다. 그러자 영진은 진지한 표정을 지으며 입을 열었다.

"혹시라도 나중에… 회사가 마음에 들지 않으면 우리 YJP도 고려해 주겠니?"

돌려 말한 것이기는 하지만 명백한 스카우트 제의였다. 영진의 갑작스런 말에 아이들 역시 눈을 동그랗게 뜨며 놀란 표정을 지었다.

하지만 서윤은 피식 미소를 지을 따름이었다.

"요 꼬맹이들 때문이라도 그럴 일은 없을 것 같은데요?"

서윤은 거기까지 말하고는 아이들과 함께 문을 나섰다.

영진은 창가 밖을 바라보았다. 걸어가는 서윤과 아이들…

정확히 말하자면 서윤의 모습을 바라보며 어깨를 으쓱였다.

"아무리 생각해도 아쉽단 말이지."

영진은 못내 아쉽다는 표정으로 입맛을 다셨다.

한편, 영진과 헤어져 MH로 향하던 중 아영이 서윤을 올려다보며 말문을 열었다.

"오빠."

"앙?"

"아까 그게 무슨 뜻이야?"

"뭐가?"

"꼬맹이들 때문이라도 그럴 일 없다는… 거. 우리를 말하는 거야?"

아영의 말에 아이들의 귀가 쫑긋하고 섰다.

서윤을 향한 영진의 스카우트 제의. 그리고 완곡하게 거절하던 그가 내민 이유가 다름 아닌 자신들을 지칭하는 듯했기 때문이다.

모두의 시선이 서윤에게 향한 가운데, 그는 피식하고 웃으며 입을 열었다.

"딱히 할 변명이 없어서 그런 말을 한 것뿐이야."

"뭐야!"

아영이 대번에 콧김을 뿜어내며 달려들려 하지만 서윤은 어깨를 으쓱일 따름이었다. 그리고는 양팔에 앉아 자리를 차

지하고 있던 현희와 수경을 내려놓았다.

어느새 MH 건물 앞에 도착했기 때문이다.

"다들 올라가라."

"오빠는?"

"오빠는 보컬 트레이닝 받으러 간다."

"보컬 트레이닝?"

아영의 반문에 서윤이 고개를 끄덕였다.

"내가 말 안 해줬냐? 난 여기서 보컬 레슨 안 받는다."

"말 안 해줬어!"

아영의 말에 서윤은 '그랬냐?' 라고 말하더니 어깨를 으쓱일 따름이었다. 그 모습에 아영이 '흐흥~' 하고 콧소리를 냈다.

"그러고 보니 요즘 보컬실에 왜 안 보이나 했어."

"얌마, 내가 밖에서 받은 지가 얼마나 지났는데 그걸 이제 알았어?"

"말 안 해주면 모른다고."

아영은 '나 서운해!' 란 표정으로 퉁명스럽게 말했다. 아무래도 조금 삐친 것 같다.

하지만 그런 소녀의 미묘한 마음을 헤아릴 길이 없는 서윤이 비릿하게 웃었다.

"그게 나에 대해 관심이 없다는 증거야."

“실례야! 언제나 말하지만 우리는 오빠를 생각하고 있다고.”

“먹을 것을 주는 사육사인데, 개미 눈알만큼은 생각하겠지.”

“이 오라방이!”

아영과 수아가 폭발해서 달려들었지만 오호라 통제라. 서윤의 재빠른 몸놀림을 잡을 재간이 없었다.

“분해!”

결국 두 사람은 분을 이기지 못하고 시멘트 바닥을 발로 쿵쿵 찧으며 화를 삭일 수밖에 없었다.

“여튼 들어가라. 오라비는 보컬 레슨 받으러 간다.”

“흥! 오지 말아버려!”

이미 멀어져 가는 서윤을 향해 둘이 빽! 하고 소리쳤지만 그는 돌아보지도 않았다.

“에휴, 조금이라도 기대한 우리가 잘못이지.”

수아는 한숨을 내쉬면서도 아직 분이 풀리지 않는지 중얼거렸다. 그때 가만히 무언가를 고심하던 현희가 말문을 열었다.

“그게 아니라. 오빠가 부끄러워서 그런 거 아닐까요?”

“엥?”

“푸하하! 부끄럼을 탄다고? 말이 돼?”

　아영이 말도 안된다는 듯 호탕하게 웃어 젖혔다. 하지만 현희는 조근한 어조로 말을 이었다.

　"다 알 수는 없겠지만 그런 것 같은 느낌이에요. 한 가지 분명한 것은 오빠가 우리를 예뻐하신다는 거예요. 그렇지 않고서야, 맨날 저희의 민폐를 받아줄 리 없잖아요?"

　"야, 민폐라니?"

　"민폐죠. 당장 다음 달이면, 내년에 데뷔할 남자 그룹 오디션도 있잖아요. 솔직히 저희 챙겨줄 시간도 무리해서 내시는 게 아닐까요?"

　"……."

　현희의 논리적인 말에 모두의 시선이 그녀에게 향했다.

　"그리고… 저희 때문에 그럴 일 없다는 말, 진심일 수도 있다고 생각해요. 생각해 보면 한 번도 저희 부탁을 거절한 적 없잖아요. 저희를 예뻐하지 않으면 할 수 없는 행동이에요."

　"……."

　아이들은 현희의 말에 대꾸를 할 수 없었다. 그리고 어딘지 모르게 생각에 빠진 표정으로, 이제는 저 멀리 보이는 서윤의 뒷모습을 가만히 바라보았다.

　그러던 중, 수련이 살짝 손을 들었다.

　"저기… 우리 지각한 것 같은데?"

　"꺄악!"

"엄마야!"

"지각이라니, 이 서현희의 인생에 이런 참사가 생길 줄은 몰랐어요!"

*　　　*　　　*

"이젠 발성도, 호흡도 모두 안정적이네."

김현우는 자신의 앞에서 30여 분간의 기초 발성을 끝낸 서윤을 바라보며 흡족한 미소를 지었다.

"그래, 요즘 노래는 많이 듣고 있냐?"

"ㄱ부터 ㅎ, 그리고 A부터 Z까지 다 찾아서 듣는 중이에요. 불러도 보고 있고요."

"그래? 그럼 제일 자신 있는 것으로 한번 불러봐."

"네."

김현우의 말에 서윤이 노래를 부르기 시작했다.

보컬 트레이너로서 제법 가수 지망생들을 키워봤지만 서윤에게는 조금 다른 방식으로 가르치고 있었다.

기초부터 천천히 다지고 있달까?

가르친 지 꽤나 시간이 흘렀지만 레슨 전에는 기초 호흡과 발성, 그리고 이론 수업을 동반한다.

보통의 지망생들은 조급하다. 보컬 트레이너에게 배우면

금방 늘 줄 안다.

물론 테크닉적으로 말하자면, 족집게 식으로 가르친다면 단기간 내에 어느 수준까지는 올려놓을 수 있다.

김현우에게는 그만한 노하우도 있고 말이다.

하지만 그네들에게 서윤에게 하는 식으로 가르친다면, 아마도 버텨내지 못하리라.

당장 다른 트레이너들을 찾아 떠나겠지.

실제로 그런 예도 꽤 있기는 했다. 그랬기에, 김현우 역시 어느 정도 현실에 타협을 했던 것도 사실이었고.

하지만 이 녀석은 뭐랄까? 단순하다고 해야 할까? 아니면 우직하다고 해야 할까?

아직도 김현우의 방식에 군말하지 않고 따라와 주고 있다.

노래 쪽에 재능이 없다고 들었지만 꼭 그렇지도 않다. 훌륭한 가수가 될 만한 충분한 자질은 가지고 있다.

단지, 음악적 소양이 전무했다. 노래 역시 불러본 적이 거의 없다. 물어보니 듣는 것도 별로 좋아하지 않았단다.

하지만 소양은 키우면 되고, 노래는 많이 듣고 불러보면 된다.

김현우가 보기에 서윤은 기본적으로 리듬감이 있고, 무엇보다 음색이 좋다.

음역대도 충분하고, 부담스럽지 않은 적당한 허스키 보이스다.

이 녀석의 목소리를 듣고 있자면, 가끔 미스터 빅의 에릭마틴이 생각나기도 한다.

'분명 서윤의 성장 속도는 더딜 것이다. 하지만 그 후에는 어떻게 될까?

김현우는 그런 생각을 하며 자신의 애제자를 향해 미소를 지었다. 그래, 단지…….

"워우워억!"

아, 따라 부른다고 하는데 음이 다 틀리고 있다.

"음감 잡는 법이랑, 청음 훈련도 시급하군."

아직은 갈 길이 멀기는 하다.

"휘유~ 이제 조금 들어줄 만하네."

김현우는 막 노래를 끝내고 녹음실을 나온 서윤에게 말했다.

그러자 서윤은 재빨리 김현우의 옆에 앉았다.

"그래요? 한번 들어볼게요."

모처럼만의 칭찬에 서윤이 반색한다. 그러면서도 얼른 녹음된 노래를 들려달라고 재촉했다.

그 모습에 김현우가 녹음된 서윤의 노래를 재생해 주었다.

열흘 전, 그러니까 '워우워억!'의 참사 이후 시작한 훈련이었다.

청음과 음감 훈련과 병행해, 자기 목소리를 인지하도록 하는 훈련이랄까?

녹음실에서 부르고, 녹음된 음원을 들어보며 자신의 육성을 귀에 인지시키고 있다.

보통의 사람들은 실제 자기 목소리를 잘 모른다. 당장 목소리를 녹음한 뒤 들어보라. 무척이나 이상할 것이다. 마치 내가 알고 있던 목소리가 아닌 것 같은 괴리감이랄까?

많이 듣고, 많이 부른다. 그리고 부른 노래를 녹음해서 끊임없이 들으며 자신의 육성이 어떠한지, 그리고 귀에 각인시키는 일을 되풀이하고 있다.

물론 기초 훈련을 비롯해 청음과 음감을 잡는 훈련도 병행하고 있는 중이다.

딴딴딴~

이윽고 스피커를 향해 서윤의 노래가 흘러나오기 시작했다. 그리고 얼마나 시간이 지났을까?

노래가 끝나자 김현우가 녹음된 음원을 정지시키고 서윤을 바라보았다.

"어때?"

"여전히 불안불안하기는 하네요."

"그래도 열흘에 이 정도면 괄목할 만하다. 역시 재능은 있어."

"하하… 다행이네요."

가끔 불안한 구간이 있기는 하지만 이 정도면 많이 발전했기에 김현우가 서윤의 어깨를 토닥여 주었다.

"오늘 수업은 여기까지고… 자, 여기 CD."

김현우는 서윤이 부른 음원을 CD로 구워 건네주었다.

시간 날 때마다 자신이 부른 육성을 들어야 한다. 이른바 귀를 연다고나 할까?

"그것보다 너 오디션이 언제라고 했지?"

"이십 일가량 남았네요."

서윤의 말에 김현우는 혀를 쯧하고 찼다.

"현재 실력으로만 따지면 아직 시기상조인데?"

"에휴."

김현우에게 배우면서 자신의 실력을 여실히 알게 되었다. 까놓고 말해 춤은 얼추 될 것 같다.

MH의 연습생들 중에서도 윤수의 춤 솜씨는 최고다. 그런 윤수조차 서윤의 실력 향상에 혀를 내두를 정도였으니까.

문제는 역시나 노래다.

"하지만 넌 얼굴 때문이라도 뽑힐 거다."

"…에휴. 또 그 이야기입니까?"

"내가 말했었지? 비주얼만 놓고 따지면 연예계에서도 S급이라고."

처음 김현우와 만났을 때 그가 말했었다. 굳이 노래를 배우지 않아도 때가 되면 100% 데뷔할 수 있을 거라고.

"솔직히 말하면 아직 시기상조라고 생각한다. 하지만 그건 내 생각이고, 네가 오디션에 통과해 그룹에 들어간다 해도 뭐라 하지 않을 거야. 내 욕심 때문에 네가 선택할 것을 막는다? 그건 아니거든."

"그래도 계속 배우러 올게요."

서윤의 말에 김현우가 피식 웃었다. 만약 오디션을 통과하게 되면 데뷔 준비로 눈코 뜰 새 없이 바쁠 것이 뻔한데 어떻게 배우러 오겠는가?

"연습이나 게을리하지 마셔."

거기까지 말한 김현우가 목에 좋다는 배즙을 서윤에게 건넸다.

"……."

"녀석, 심각하게 생각하지 말아라. 일단 남은 기간 동안 열심히 해보자. 그리고 그만 일어나야지. 회사에 가봐야 할 것 아니냐?"

"알겠습니다."

서윤은 고개를 끄덕이며 몸을 일으켰다. 그 모습을 바라보던 김현우가 입을 열었다.

"그건 그렇고… 연습은 잘되어 가냐?"

"히히, 아직은 어린이 바이엘인데요."

사실, 서윤은 며칠 전부터 피아노를 배우고 있다.

현희가 피아노를 치면서 노래를 부르는 것을 보았는데, 연습에 도움이 될 것 같았다.

피아노를 치면 자연히 청음이나 음감 훈련도 되니 일석이조다.

"피아노도 개인 레슨 받는 거니?"

김현우의 물음은 당연했다. 부잣집 아들이 아닌가?

자신에게 이렇듯 개인 트레이닝을 받는 것처럼, 응당 피아노도 그러려니 해서 물어본 것이다.

하지만 서윤이 갑자기 다른 소리를 한다.

"아, 그리고 저 어제 기타 샀어요."

"응?"

"기타요. 기타도 꽂혔거든요."

"갑자기 기타는 왜?"

김현우의 물음에 서윤이 눈을 반짝이며 말했다.

"얼마 전에 케이블 TV에서 이글스란 그룹의 실황을 봤는데 호텔 캘리포니안가? 그거 보니까 되게 뽀대 나던데요."

서윤의 말에 김현우는 어이없다는 표정을 지으며 반문했다.

"그러니까… 단지 멋져 보여서?"

"네! 아직은 기초인데, 어느 정도 됐다 싶으면 한번 들려 드릴게요."

"하~ 마음대로 해라."

"가보겠습니다. 내일 뵐게요."

결국 자기 할 말만 다하고 김현우에게 꾸벅 인사를 하더니 스튜디오를 나선다.

닫힌 문을 바라보며 김현우가 어깨를 으쓱였다.

"결국 누구한테 피아노 배우는지 대답을 안 했잖아?"

* * *

띵~ 띵~ 띵~

서윤의 손가락이 건반 위에서 조심스럽게 움직인다. 그리고 그 옆에는 한 인영이 서 있었다.

이제 한 150센티 정도나 되었을까?

작은 키지만 건반 위를 움직이는 서윤의 손을 바라보는 눈빛이 자못 진진하다.

"오빠. 잘하셨어요."

"그, 그래?"

"생각보다 진도가 엄청 빨라요. 보통 어린이 바이엘 다 떼

는 데만 몇 달 걸리는데 이 정도면 다음 주부터 체르니 100으
로 넘어가도 되겠어요."

"고맙다, 꼬맹… 현희야."

서윤이 김현우의 물음을 회피할 수밖에 없었던 이유가 바
로 이것이었다.

그의 피아노 선생은 다름 아닌 올해 초등학교 5학년의 꼬
마, 서현희 양이었기 때문이다.

"수강료는 고구마 한 박스라고 했지?"

"반드시 해남황토 고구마여야 해요. 산지 직송으로."

산지 직송을 강조하는 현희의 어조는 단호하기 그지없었다.

웅성웅성.

현희에게 피아노 레슨을 받고 돌아왔을 무렵, 연습실 안은
소란스러워져 있었다. 문제는 어딘지 모르게 연습생들의 얼
굴에 서린 긴장감이었다.

"무슨 일 있수?"

서윤의 물음에 맨 처음 반응을 보인 것은 연습실 최고참 박
정호였다.

"왔냐?"

"엉… 그것보다 왜 이리 소란스러워?"

"오늘 연습생 들어온다더라."

"연습생?"

"듣자 하니 개인 오디션으로 캐스팅되었다더라."

"그게 뭐?"

영문을 모르겠다는 서윤의 말에 박정호가 한숨을 내쉬며 이유를 말해주었다.

요약하자면 이러하다.

데뷔가 목표인 이들에게 있어, 더욱이 이런 시기에 들어오는 연습생이라면 경계의 대상이 될 수밖에 없다는 것.

"한마디로 너와 같은 케이스란 거야."

공개 오디션이 아닌 개인 오디션을 통해 들어왔다는 것은, 서윤과 마찬가지로 캐스팅이 되었다는 뜻이다.

"그런 거로군."

"그래, 그런 거야."

"뭐, 알겠어. 열심히들 긴장하되, 애한테는 적당히들 하라고."

저들이 곧 들어올 연습생을 경계하건 말건 서윤과는 하등의 상관도 없는 것이었으니까.

일단 그것보다.

"화장실에 갔다 와야지."

갑자기 소변이 마려워졌다.

"야, 곧 올 텐데?"

"됐어."

서윤은 간단히 손을 휘휘 내저어주며 연습실을 나섰다.

잠시 뒤.

화장실에 들렀다가 나왔을 때, 서윤은 복도가 소란스러워졌음을 깨달았다.

"뭐야? 이것들?"

어느새 3층의 여자 연습생들도 올라와 복도 끝에 위치한 서윤의 연습실 문밖에 옹기종기 모여 있었다.

아마도 정호가 말했던 그 거물급 연습생이 온 모양이다.

"휘이휘이~ 연습실 문 앞에서 뭐하냐?"

서윤이 손을 휘휘 저으며 거침없이 걸어 나갔다.

"히익!"

"무서운 오빠!"

아직 서윤에 대한 악명이 남아 있기 때문일까? 여자 연습생들은 서윤의 목소리에 화들짝 놀라 물러선다.

마치 홍해가 갈라지듯 신속하기 그지없는 움직임들이다. 물론, 모두가 비킨 것은 아니다.

"어이."

서윤은 끝까지 연습실 문 앞을 막아서고 두 악동을 발견했다.

"아영아, 보여?"

“아니요. 오빠들이 둘러싸고 있어서……”

다름 아닌, 서윤의 지갑을 털어가는 두 식충이였다.

“이 꼬맹이들아, 비켜라.”

“에잇! 정호 오빠! 저리 좀 비켜봐요! 보이질 않네!”

“나쁜 사람!”

얼씨구? 관심이 온통 연습실 안으로 쏠려서인지 듣지 못하는 모양이다.

“이것들이…….”

결국 참지 못하고 서윤이 양손을 쫙 펼쳐 뻗었다. 그리고 두 식충이의 머리통을 잡고 들어 올렸다.

“꺅!”

“엄마야!”

갑작스레 서윤에게 머리통을 붙잡혀 허공에 대롱대롱 매달린 꼴이 된 두 사람이 새된 비명을 질렀다.

“놀랐잖아!”

“오빠는 숙녀를 다루는 게 거칠어!”

하지만 그것도 잠시였다. 자신들을 집어 든 이가 서윤임을 깨닫고 타박하기 시작했다.

이 와중에 잠시 태클을 걸자면, 머리통을 움켜잡힌 채 허공에 매달려 있음에도 별 고통을 느끼지 못하는 두 식충이의 두개골 강도다. 도대체 얼마나 단단한 것일까?

그것은 대충 넘어가도록 하자.

하지만 다른 이들에게는 이 장면이 대충 넘길 수 있는 성질의 것이 아니었다.

"히익! 봤어?"

"무, 무서워!"

옆에서 이 모습을 지켜보던 이름 모를 여자 연습생들은 바들바들 떨고 있었다.

가뜩이나 연습생들 사이에서 서윤은 두려움의 대상이었건만, 이걸로 완전히 쐐기를 박은 듯하다.

저토록 무식하고도 흉폭하다니!

덕분에 여자 연습생들로 넘쳐나던 복도가 순식간에 텅 비게 되었다.

"오빠, 이만 내려놓지?"

"순순히 내려놓으면 유혈 사태는 일어나지 않을 거야!"

아영의 으르렁거림에 이어, 왠지 미래에 어떤 게임의 비폭력 평화주의자를 사칭하는 캐릭터가 할 법한 대사를 읊조리는 수아였다.

그 순간 서윤은 무언가에 홀린 것처럼 두 사람을 내려놓았다. 왠지 꼭 그래야 할 것만 같은 느낌이 들었기 때문이다.

각설하고, 서윤은 두 녀석을 바라보며 입을 열었다.

"어여 내려가서 연습들 해라."

"얼굴 보려고."

"오라방, 나 알지? 궁금한 것 못 참는다!"

아영과 수아의 항변이 있었지만 서윤은 가볍게 무시해 주고는 연습실 문을 열고 들어와 닫아버렸다.

"오라방! 오라방!"

"열어주세요! 오빠앙~"

두 식충이가 되도 않는 애교로 떠들지만 서윤은 신경 쓰지 않았다. 그리고 모여 있는 연습생들을 비집고 안으로 들어갔다.

"어이, 비켜봐."

인터넷을 통해 공인된 MH 엔터테인먼트 최강의 원 펀치, 서윤의 말 때문이었을까? 알아서들 비켜준다.

사람들을 지나쳤을 때, 그의 시선에 들어온 것은 잘생겼다기보다는 미소년 이미지의 남자와, 그 앞에 서 있는 윤수의 모습이었다.

서윤이 쳐다보고 있음을 인식하지 못한 채, 윤수는 자신의 앞에 서 있는 남자를 지긋이 쳐다보다가 입을 열었다.

"초면에 죄송한데요."

"네?"

"연습 몇 번 하다가 금방 나갈 거면 때려치세요."

"에라이~"

픽!

신참의 군기를 잡던 정윤수 군이 서윤의 발길질에 연습실 바닥을 굴렀다.

"아구! 형님! 왜요!"

윤수의 항변에 서윤은 혀를 쯧쯧 하고 찼다.

"너 말이야. 신입 들어올 때마다 반복하는 레파토리냐? 안 하면 입에 가시가 맺혀?"

"형님~"

일순간 선배의 위엄이 무너진 윤수였다.

한편, 학교에서 체육 활동을 하다 캐스팅된 방년 15세의 심창현 군은 멍한 표정으로 서윤을 바라보았다.

처음 이곳에 들어오자마자, 어딘지 모르게 견제하는 분위기의 연습생들을 바라보며 속된 말로 쫄아 있던 참이었다.

더욱이 차가운 인상의 남자(정윤수)가 대뜸 자신에게 다가와 악담을 퍼부었을 때는 '괜히 들어왔나?' 라는 생각까지 들었을 지경이었다.

그런데, 자신을 구해준 한 사람이 있었다.

제법 잘생겼다 자부하던 심창현이었지만 딱 보기에도 차원이 다른 비주얼의 소유자였다.

"그럴 시간에 연습들이나 해. 쓸데없이 견제질이야, 견제질은."

그 사람이 쏘아붙이자 연습생들이 주춤거리며 물러선다.

그리고는 이내 어색한 표정으로 스트레칭을 하며 몸을 풀기 시작했다

'카리스마 짱이다!'

심창현도 눈치가 없지는 않다. 어느 정도의 견제는 예상했던 바이기도 하고. 하지만 저 사람이 일순간 정리해 주었다.

그의 입장에서도 창현은 분명 경쟁자임이 틀림없음에도 말이다.

'이 연습실 리더인가? 우와, 멋진 형님이다.'

…아무래도 이 녀석 단단히 착각한 것 같다.

반짝반짝.

"쟤 또 나 보고 있냐?"

서윤의 물음에 윤수가 힐끗 고개를 돌렸다. 그리고는 가볍게 고개를 끄덕였다.

반짝반짝.

위의 부사는 다름 아닌 심창현군이 서윤을 바라보고 있는 눈빛이다.

사흘 전, 그러니까 창현이 처음 이 연습실에 합류한 뒤로 계속 이 모양이다.

서윤이 연습실에 들어오기가 무섭게 달려와서 폴더 인사

를 하고, 연습 중에도 우연치 않게 시선이 마주치면 저 모양이다.

창현에게 이미 서윤은 '쿨하고 카리스마 있는 멋진 형!'으로 인식된 모양이다.

그렇지 않고서야 저렇듯, 존경심 그득한 눈빛으로 쳐다볼 리가 없으니까.

그런 모습을 바라보던 윤수는 어깨를 으쓱였다.

'아무래도 뭔가, 단단히 착각을 한 모양이지만……'

그래 봤자 알 바는 아니다.

"설마… 저거 게이 새끼는 아니겠지?"

서윤이 자신을 향한 노골적인 눈빛을 피하며 읊조렸다. 그러자 윤수는 피식 웃으며 고개를 내저었다.

"그건 아닌 것 같아요. 신경 끄고, 안무나 맞춰보지요."

"에휴, 그러자."

어차피 오디션까지 이제 열흘 남짓밖에 남지 않았다.

두 사람은 이윽고 연습실 한편으로 가서 휴대용 CD플레이어에 스피커를 연결하고는 음악을 틀었다.

그리고는 스피커를 향해 흘러나오는 음악에 맞춰 안무를 추기 시작했다.

그동안 합숙까지 하며 노력해 왔기 때문일까? 두 사람의 움직임은 자로 잰 듯 딱딱 맞아 떨어졌다.

연습생들 중, 춤에 관해서는 최고를 다투는 윤수의 움직임은 절도 있고도 멋스럽다.

그렇다면 서윤은 어떤가? 춤에 관한 한 천재적인 재능을 가지고 있음을 증명이라도 하듯 절대 뒤처지지 않는다.

두 사람의 이번 안무에 쓰일 음악은 마이클 잭슨의 데인저러스(Dangerous)다.

평소 마이클 잭슨의 광팬인 윤수의 적극적인 추천 때문이었다. 안무 포인트나 동작을 어느 정도 베이스로 하고 중간중간 창작 안무를 가미한 것이다.

딴딴딴~

이윽고 음악이 끝나자 윤수는 서윤을 바라보며 탄성을 터트렸다.

"우와, 형 진짜 장난 아니네요?"

"뭐가?"

"누가 형을 보고 춤을 배운 지 얼마 되지 않았다고 생각할까요?"

윤수의 말에 서윤은 가볍게 고개를 까닥였다.

"형은 진짜 춤에 관한한 천재예요."

많은 이들이 마이클 잭슨의 춤을 따라 춘다.

하지만 마이클 잭슨 만큼의 느낌을 내는 사람은 거의 없다고 해도 무방하다.

미세한 차이지만, 결국 그것이 마이클 잭슨의 춤인 것이다.

기술적으로 더 뛰어나다? 그런 것은 의미가 없다. 마이클 잭슨은 뭔가 다르다.

결국 그것이 그의 격인 것이겠지.

윤수 역시 마이클 잭슨의 춤이라면 어려서부터 무진장이라고 할 만큼 쳐왔지만 아직 멀었다고 생각된다.

하지만, 서윤을 보고 있자면 왜일까? 가끔씩 마이클 잭슨의 느낌이 묻어나오는 것 같다.

천재적 재능을 가지고 있지만, 배운 기간 자체가 아직 짧기 때문에 윤수 자신보다 기술적으로 떨어지는 것은 분명하다.

하지만 춤을 출 때의 필링이, 그리고 춤을 표현할 때 뻗어나가는 몸의 선 자체가 미세하지만 조금 다르다.

더욱이, 그는 하루가 다르게 성장해 나가고 있다.

'내년? 아니, 빠르면 올해 말이면 따라잡힐지도 모르겠다.'

윤수는 서윤을 바라보며 어딘지 모르게 부럽다는 표정을 지었다. 막강한 비주얼로도 모자라 춤에 대한 재능까지…….

더욱이 집도 무지막지하게 잘산다.

"형이 부럽네요."

"갑자기 뭔 실없는 소리야?"

"아니에요."

윤수는 미소를 지으며 고개를 내저었다.

저렇게 재능이 많으니 시기심이 날 법도 한데 이상할 정도로 그런 감정은 들지 않는다.

예전에 서윤이 했던 말처럼, 눈떠 보니 그렇게 태어났는데 어쩌란 말인가?

하여튼, 두 사람은 두세 번 정도 더 안무를 맞춰보고 오후 연습을 끝냈다.

"난 저녁 먹고 온다."

"오늘도요?"

서윤이 땀을 닦고 겉옷을 걸치며 말하자 윤수가 묻는다.

오늘도 그 애들이랑 밥 먹으러 가느냐는 물음이었다.

"아앙. 식충이 1이 모레 일본으로 출국하잖냐. 어차피 내일은 준비하기 바빠서 회사에 안 올 테고."

"…네."

그랬다. 수아는 이틀 뒤에 일본으로 출국한다.

어린 나이에, 말도 통하지 않는 타국으로 가서 연예계 생활을 시작하게 되었으니 환송회 겸 오늘 칼질을 시켜주기로 약속한 탓이다.

"다녀오마."

서윤은 고개를 끄덕이며 연습실을 나섰다.

“다녀오세요.”

“하하, 네.”

윤수의 말에 서윤은 한 차례 손을 흔들어주고 연습실을 나섰다.

계단을 통해 3층으로 내려왔을 무렵이었다.

벌컥!

“배고파아아아~”

막 저쪽도 연습이 끝났는지 문이 벌컥 열리며 여자아이들이 쏟아져 나왔다.

그리고 ‘배고파아아아!’ 라고 소리치며 달려 나오던 아이가 막 계단을 내려온 서윤을 발견하지 못하고 부딪쳤다.

퍽!

“아쿄!”

서윤의 몸에 부딪친 아이가 단발마의 신음성을 흘리며 휘청거렸다. 그러자 서윤은 손을 뻗어 쓰러지려던 꼬맹이의 팔을 붙잡고 지탱해 주었다.

언뜻 보기에도 식충이 1, 2와 비슷한 또래의 까무잡잡한 피부를 지닌 꼬맹이였는데, 치아 교정기를 끼고 있는 것이 특징이었다.

참고로 서윤은 이 꼬맹이를 알고 있다. 이름은 잘 모르지만 말이다. 왜냐하면……

"죄, 죄송… 히익! 무, 무서운 오빠!"

몇 번인가? 우연히 회사 내에서 마주치기라도 할 때면 이렇게 기겁을 하면서 저따위 말을 지껄이고는 했기 때문이다.

대부분의 여자 연습생들은 서윤에 대한 소문을 듣고 무서워하는 편이었다. 하지만 그중에서도 이 꼬맹이가 뇌리에 남는 탓은, 면전에다 대고 '무, 무서운 오빠!' 라고 말하고는 도망치기 일쑤였기 때문이다.

평소에는 뭐라 할 틈도 없이 도망치는 바람에 지나쳤지만 오늘은 다르다.

"…너 말이야. 볼 때마다 면전에다 대놓고……."

"사, 살려주세요!"

이제는 갑자기 살려달란다.

"뭐?"

"제발 살려주세요!"

얼씨구? 그냥 살려달란 것도 아니고 제발 살려달란다.

이 당혹스러운 상황에는 서윤도 황당한 마음을 금할 길이 없었다. 그리고 그때였다.

"오라방?"

문득 들려온 소리에 고개를 돌려보니 오늘의 주인공 식충이 1(수아)과 식충이 2(아영), 고구마 오타쿠(현희), 그리고 외국 꼬맹이(수련)가 서윤을 바라보고 있었다.

순간 꼬맹이의 팔을 쥐고 있던 서윤의 손이 살짝 헐거워졌다. 그러자 그 순간을 놓치지 않고 까만 꼬맹이가 후다닥 도망쳤다.

"허 참… 뭐 저런……."

이미 계단을 통해 모습을 감춰 버린 까만 꼬맹이를 보며 서윤은 어이가 없다는 표정으로 혀를 찼다.

한편, 그 시각.

2001년, 제 1회 MH 청소년 베스트 선발대회 댄스짱으로 MH에 캐스팅되어 연습생 생활 중이신 권유라 양은 1층 여자 화장실 끝 칸에서 오들오들 떨고 있었다.

"근데 아까는 무슨 일이야?"

열심히 칼질을 하던 수아가 물었다. 그러자 서윤은 눈살을 찌푸리며 아까 있었던 일을 말해줬다.

"아하~ 오라방은 여자 연습생들 사이에는 공포 그 자체니까."

"도대체 소문이 뭐 어떻게 돌고 있는 건데?"

"알고 싶어?"

수아가 고양이 같은 눈빛으로 서윤을 바라보며 물었다.

"됐다."

서윤은 심드렁한 표정으로 가볍게 손을 내저었다. 도리어 그런 제스처에 아영이 눈을 깜빡이며 물어왔다.

"궁금하지도 않아?"

"내가 왜 궁금해야 하는데?"

서윤의 반문에 아영과 수아가 머리를 긁적이며 이내 수긍했다. 두 사람이 아는 서윤은 그런 것들을 신경 쓰는 타입이 아니니까.

다만 서윤은 나중에라도 아까의 그 맹랑한 까만 꼬맹이를 보면 한마디 해줘야겠다는 생각을 하기는 했다.

뒤에서 뭐라 말하건 말건 상관없다. 하지만 면전에다 대놓고, 게다가 볼 때마다 그렇게 도망쳐 버리면 아무래도 신경이 쓰일 수밖에 없다.

'아니면 좀 골려줘 버려?'

문득 그런 생각이 들었지만 이내 접어두고 수아에게 시선을 주었다.

"그건 그렇고, 일본 가면 앨범은 언제 나오는 건데?"

"글쎄… 그건 가봐야 알겠지."

"하여튼 가서 잘해라. 이 오라비 보고 싶다고 전화해서 질질 짜지 말고."

"캬악! 안 그래!"

"하하, 그래! 그 기세다, 식충이 1."

"식충이 1이 아니라 수아야!"

날카롭게 외치는 수아였지만 얼굴에는 미소가 머금어져 있었다. 언제나 비아냥거리기 일쑤지만 마음 한편에서는 고맙다.

"오라방. 나 잘 다녀올게. 그러니까 이 회사에 꼭 붙어 있어라. 다녀와서 잔뜩 자랑해 줄 테니까."

"앙?"

"힘들다고 연습생 생활 포기하거나 하지 말라고."

수아의 말에 서윤은 미소를 지으며 손을 뻗어 그녀의 머리 위에 얹고 부드럽게 쓰다듬어 주었다.

"그건 걱정 말고, 일본에 가서 지금처럼 이렇게 씩씩해라."

"…오라방?"

수아는 눈을 깜박이며 서윤을 바라보았다. 그는 평소와 다른 온화한 미소를 머금은 채 그녀를 내려다보고 있었다.

그녀가 기억하기로 서윤의 이런 표정은 처음이다. 친애의 느낌이 그대로 묻어나오는 미소와 손길은 말이다.

"결과가 어떻게 될지는 잘 모르지만 적어도 후회가 남지 않도록 열심히 하는 거야. 알겠지?"

"응."

평소의 왈가닥 같은 기질은 어디에 갔는지? 수아는 조그맣게 대답하며 고개를 끄덕였다. 그리고는 어느새 눈가가 촉촉

해져서 말했다.

"가끔 전화할게, 오라방."

그리고 두 사람의 모습을 바라보던 아영와 수련, 그리고 현희는 훈훈하기 그지없는 서윤과 수아의 모습을 바라보고 있었다.

'역시 나쁜 사람이 아니었어요.'

현희는 미소를 지으며 자신이 사람을 잘못 보지 않았다고 자평을 하고 있었다. 그것은 아직 서윤을 무섭다고 생각하고 있던 수련 역시 마찬가지였다.

그래……

"…콜렉트콜로 전화하면 죽는 거야. 알간?"

"……"

저 양반이 쓸데없는 사족만 붙이지 않았더라면 더욱 좋았을 텐데.

*　　　*　　　*

수아가 일본으로 출국한 지 사흘 째.

어제 수아에게 전화가 왔다. 잘 도착했으며 자기랑 듀엣을 할 사람도 만났다고.

하지만 아직 일본어가 서툴러 고역이라는 등… 푸념만 늘어놓다가 끊었다.

"문제는 이 자식이 콜렉트콜로 전화를 걸었다는 거야."

'가기 전에 콜렉트콜로 전화하면 죽는다고 말했는데.' 라고 중얼거리는 서윤을 바라보며 현희는 고개를 절레절레 저었다.

"그건 그렇고… 오빠 정말 빨리 느시네요?"

"엉?"

현희의 말에 서윤이 피아노 건반을 치는 것을 멈추고 고개를 돌렸다.

"어떻게 며칠 만에 3분의 1이나 진행할 수 있죠? 그것도 이렇게 능숙하게."

"뭐, 쉽던데?"

서윤의 별것 아니라는 말에 현희는 황당하다는 표정을 지을 수밖에 없었다.

현희가 말한 3분의 1이란 체르니 100의 진행 속도를 말하는 것이다. 물론 재능을 타고난 사람은 있다. 하지만 그것도 정도라는 것이 있는 거다.

불과 얼마 전 현희에게 어린이 바이엘을 배우던 사람이었다. 헌데, 2주도 되기 전에 마스터하고 체르니 100으로 넘어왔다.

헌데 이 비상식적인 괴수는 뭐란 말인가? 채 일주일도 되기 전에 진도를 3분의 1이나 뺀 것이다.

현희는 어딘지 모르게 분한 표정으로 입술을 꾹 깨물며 투덜거렸다.

"으으… 이건 사기예요."

어려서부터 피아노를 배워왔던 현희였다. 그렇기에 서윤의 성장 속도가 비정상적이란 것을 알 수 있었다.

"하농이랑 어린이 피아노 소곡집, 재즈 명곡집도 병행해서 치고 계신 거죠?"

솔직히 체르니 100까지는 손 연습이고 쉽다. 그러면서 하농이나 소곡집 같은 것을 병행하면 그만이다.

'능숙하게 가르쳐 드릴 수 있는 건 체르니 30까지인데.'

체르니 30부터는 수준이 급격하게 높아진다. 그때부터는 부르크 뮐러도 병행해서 치고, 기본 피아노 소곡집이나 재즈 명곡집을 병행해야 한다.

특히 부르크 뮐러는 좋은 곡들이 많아 체르니 30때부터 쳐 놓아야 멜로디 감성도 오르고 좋다.

문제는 다음인데, 바로 체르니 40과 체르니 50이다.

솔직히 이때부터는 현희도 가르치기가 힘겹다. 특히나 체르니 50의 경우에는 현희 역시 들어가지 못했다. 아직 손이 작아 체르니 40도 버거운 판이 아닌가?

이때부터는 서윤도 현희가 아닌 다른 이에게 전문적으로

레슨을 받아야 할 것이다.

물론 전문적인 연주자가 되지 않는다면 체르니 40의 수준으로도 충분할 것이지만.

'모르겠다. 일단 가르쳐 드릴 수 있는 부분까지 열심히 해야지.'

현희는 그런 마음을 다잡으며 자신의 피아노 1호 제자(?)를 다시금 혹독하게 몰아붙이기 시작했다.

"그건 그렇고 저건 뭐예요?"

오늘의 레슨이 끝난 뒤, 현희는 캐비닛 옆에 놓여 있던 길쭉한 가죽 케이스를 가리켰다.

오늘, 서윤이 메고 들어온 것이 눈에 밟혔기 때문이다.

"아, 이거 기타."

"오빠, 기타도 배우세요?"

"응."

"한 가지에 집중하시는 게 나으실 텐데?"

현희는 왠지 모르게 못마땅하다는 표정으로 말했다. 하지만 서윤은 가볍게 어깨를 으쓱이더니 기타 케이스를 한쪽 어깨에 들쳐 멨다.

"흥미가 생기더라고."

서윤의 말에 현희가 빙긋 웃었다.

"…오빠, 많이 변하셨어요."

“엉? 그건 무슨 뚱딴지같은 소리냐?”

“듣기로는 처음에는 연습 시간에만 연습하고 의욕도 없으셨다고…….”

솔직히 사고치는 아들놈 사람 만들어달라며 어머니 손에 억지로 집어넣어졌던 것도 사실이다.

“뭐, 하다 보니 재미있더라고. 피아노도 기타도… 그건 그렇고 저녁 먹을 시간이잖아?”

“아, 시간이 벌써 이렇게 됐네요?”

시계를 보니 저녁 6시를 가리키고 있었다.

“식충이 2랑 외국물 꼬맹이가 기다리겠다.”

“…하하.”

그 두 사람이 저 칭호를 싫어하는 것을 알면서도 가열 차게 밀어붙이는 서윤의 모습에 현희는 마른 웃음을 흘렸다.

이윽고 두 사람이 피아노 연습실을 나섰을 무렵이다.

“히익!”

어랍쇼? 공교롭게도 문 앞에서 마주친 것은 까만 꼬맹이였다.

순간 서윤의 눈가가 가늘어졌다.

“너 잘 만났다.”

“무, 무서운 오빠! 히익!”

여느 때와 같이 몸을 돌려 도망치려던 까만 꼬맹이, 권유라

양은 머리통을 움켜쥔 서윤의 제지에 버둥거릴 수밖에 없었
다.

"살려주세요!"

역시나 살려달라는 말에 서윤은 꼬맹이가 도망치지 못하
도록 머리통을 움켜쥔 손아귀에 힘을 주며 입을 열었다.

"얌마, 너 말이야. 사람 면전에다 대놓……."

"오빠! 잡고 있어!"

그때 아영을 선두로 뒤에 수련과 몇몇 여자 연습생이 씩씩
거리며 달려오고 있었다.

그것도 맨발로…….

순간 권유라 양의 눈에서 닭똥 같은 눈물이 줄줄 흘러내렸
다.

"우에엥! 죄송합니다. 잘못했습니다. 목숨만 살려주세요.
엉엉엉!"

1년 전, 연습생으로 처음 들어온 날 수아와 수련, 효주에게
'신발 벗고 들어와야지!' 드립을 맞은 이후 쫄아서 1년 동안
동갑에게 말조차 놓지 못하던, 그럼에도 불구하고 타고난 장
난끼를 참지 못하고 연습생들의 운동화 끈을 모조리 묶은 뒤
도망치던 권유라 양의 최후였다.

"으엉~ 으엉~"

정말로 죽을 듯이 울어버리는 까만 꼬맹이의 모습은 서윤을 충격과 공포로 몰아가기에 충분했다.

어떻게 달래야 하나?

그러던 중, 문득 서윤의 뇌리를 스치는 것이 있었다.

"역시나 이것밖에 없어."

결론은 나왔다. 그렇다면 지체할 리 없는 서윤이다.

"엄마야!"

서윤은 대뜸 유라를 들어 올리더니 오른쪽 팔에 앉혔다. 순간 현희는 눈을 동그랗게 떴다. 그녀의 시선이 향한 곳은 다름 아닌 서윤의 '오른쪽 팔'에 안겨 있는 유라였다.

"…오른팔?"

영문 모를 소리를 중얼거리던 현희의 표정이 살짝 차가워졌다. 하지만, 모두들 그런 그녀의 표정을 보지 못했다.

한편, 갑작스런 서윤의 행동에 혼비백산한 유라가 개드립을 날렸다.

"사, 살려주세요! 절 묻지(?) 말아주세요! 엉엉!"

"이 자식아. 누굴 살인자로 만들고 있어! 그리고 미성년자 주제에 그런 영화만 본 거냐?"

서윤은 빽 하고 소리치며 아이가 버둥거리지 못하도록 품에 꼭 안고 1층을 향해 날듯이 뛰어 내려갔다.

"오, 오빠! 같이 가!"

그러자 아영이 뒤쫓아 갔다. 뒤이어 현희가 여전히 영문 모를 차가운 표정을 유지한 채 계단을 내려갔다.

그것은 수련 역시 마찬가지. 뭐가 뭔지는 잘 모르겠지만, 일단 유라에게 따질 것이 남아 있었다.

하지만 다른 여자 연습생들은 그러지 못했다.

왜냐하면 서윤이 무서웠으니까.

서윤은 일단 애를 안고 회사를 나왔다. 그리고 일단 눈에 보이는 아무 음식점 앞에 섰다. 아이들 역시 그 뒤를 따라왔다.

"오빠, 음식점은 갑자기 왜?"

아영의 물음에 서윤이 대답해 주었다.

처음 현희를 만났을 때, 그러니까 성대하게 울려 버렸을 무렵 그녀를 달랜 방법.

"현희도 먹을 거 사준다니까 울음을 그쳤잖아."

"……."

순간 아무런 대답이 없자 서윤이 현희를 바라보았다. 분명 평소의 이 꼬맹이라면 '저, 전 그렇게 단순하지 않아요!' 라고 반박해야 함이 옳다.

하지만 뭔가 이상하다. 어딘지 모르게 싸늘한 표정으로 서윤을 올려다보고 있었다.

문제는 서윤이 대꾸하지 않는 현희의 모습에 어깨를 으쓱이고는 다른 아이들에게 말을 걸었다는 것이다.

빠직.

순간 현희의 이마에 십자 혈관이 솟아올라 왔다. 뭔가 말을 하고 싶은 듯 입가를 씰룩이더니 이내 고개를 살짝 돌리며 외면한다.

그리고는 자신에게만 들릴 정도의 조그만 목소리로 중얼거렸다.

"오른팔… 내 자린데."

그랬다. 서윤의 오른쪽 팔은 현희의 아지트였다.

물론 서윤의 입장에서는 유라를 달래기 위해 아무 생각 없이 들은 것일 테지만 소녀심 가득한 서현희 양은 그게 못내 서운했던 모양이다.

물론 비약이란 것은 안다. 하지만 뭐랄까? 왠지 자기의 자리를 빼앗긴 것 같다는 그런 느낌?

하지만 현희의 그런 마음을 알 리 없는 둔감한 서윤은 아이들을 바라보며 빈정거렸다.

"그건 그렇고, 너희는 충실히 따라왔구나."

서윤의 말에 수련이 머쓱한 표정을 지었다. 그에 반해 식충이 2, 임아영 양은 당연하다는 표정으로 말문을 열었다.

"유라 언니한테 사과를 받아야 하니까!"

하지만, 곧바로 배에서 들린 '꼬르륵' 소리 때문에 사과 이

외에도 달리 노린 것이 있음이 곧바로 드러났다.

"하, 하여튼!"

꼬르륵 소리가 창피하기는 했는지 아영이 양 볼을 붉히며 화제를 돌리려 애를 쓴다.

서윤은 그런 아이들에게 가볍게 손을 내저으며 그만하라는 손짓을 했다. 그리고는 눈이 퉁퉁 부운 채 훌쩍이고 있는 까만 꼬맹이, 유라를 바라보았다.

"어이, 이제 좀 괜찮냐?"

주륵.

아, 역효과다. 서윤의 목소리에 유라의 눈물샘이 자동 반응하는 결과를 초래하고 말았다.

"하아, 미치겠구만."

서윤이 한숨을 내쉬었다. 도저히 어찌해 볼 수가 없는 상황이었기 때문이다.

"그만 울어."

그런 모습에 수련이 그녀를 올려다보며 말했다. 이대로는 다람쥐 쳇바퀴 돌아가는 꼴밖에 되지 않았기 때문이다.

"흐흡, 미, 미안합니다."

"에휴."

조금 마음이 안정되었는지 울음을 멈춘 유라였다.

그제서야 서윤도 한숨 돌릴 수 있었고 말이다.

“까만 꼬맹아.”

“네, 네?”

서윤의 말에 유라가 화들짝 놀라며 대답한다. 그 모습에 그는 어깨를 으쓱였다.

“그만 좀 질질 짜라. 안 때린다. 물론 묻지도 않아.”

“저, 정말이세요?”

“도대체 나에 대해 무슨 소문이 돌고 있는 거야?”

서윤은 그렇게 투덜거리며 까만 꼬맹이, 유라를 바라보았다.

“임마, 망상에도 정도가 있는 거야. 묻다니, 내가 그렇게 나쁜 놈이면 회사에 있을 수나 있겠냐? 유치장에 쳐박혀 있지.”

“에?”

생각해 보니 또 그렇다.

유라는 혼란스러운 표정으로 서윤을 바라보았다.

“무서워하는 건 상관없는데, 매번 면전에다 대놓고 말하고 도망가면 예의가 아니다. 넌 그건 생각 안 해봤지?”

거기까지 말한 서윤은 콧방귀를 뀌며 크리티컬 히트를 터트렸다.

“하긴 얼굴만 딱 봐도 그런 생각을 할 종자는 아니네. 아주 얼굴에 ‘나 생각 없어요~’ 라고 쓰여 있구만.”

“나 바보 아니에요!”

발끈해서 소리를 친 유라가 서윤과 눈이 마주치자 황급히 양손으로 자신의 입을 틀어막는다.

그런 모습에 서윤은 이내 유라를 바라보던 눈에 힘을 풀었다. 그리고 피식 웃었다.

“오올~ 배짱 있는데?”

“네, 네?”

“잘만 빽빽거리는구먼, 왜 매번 볼 때마다 소리치면서 도망쳤대?”

“……”

유라는 꿀 먹은 벙어리가 되어서 서윤을 바라보았다.

자신도 모르게 발끈해서 외쳤건만, 서윤은 화를 내는 대신 웃어넘길 뿐이었다. 그것도 모자라 달콤한 제안을 해온다.

“뭐, 울린 것에 내 책임도 있기는 하니 뭐라도 사주마. 먹고 싶은 것 있어?”

“네, 네?”

“먹고 싶은 거 있냐고.”

서윤의 말에 그의 오른팔에 여전히 안겨 있던 유라가 고개를 들었다. 음식점 간판을 보니 중국집이었다.

“짜장면이요.”

“짜장면 좋아해?”

유라는 고개를 끄덕였다.

그러자 서윤은 유라를 여전히 팔에 앉은 채 중국집 안으로 발걸음을 옮겼다.

이윽고 식당 안에 자리를 잡고 앉았다.

"오빠, 난 울면 곱빼기."

"전 볶음밥이요."

"…잡채밥이요."

태연하게 곱빼기를 운운하는 아영과, 이제는 슬슬 서윤에게 빌붙는 것을 당연시 여기기 시작한 수련이 자연스럽게 메뉴를 말한다.

그리고 마지막으로 아직까지 삐친 현희가 자그맣게 말했다.

이윽고 서빙하는 직원이 와서 메뉴를 물었다.

"뭐, 드릴까요?"

"짜장 두 개랑 울면 곱빼기, 볶음밥, 잡채밥 하나씩이요."

서윤의 말에 서빙 직원이 메뉴를 적는다. 그때 유라가 잠시 주저하는 기색을 보이다가 다급하고도 애절한 목소리로 외쳤다.

"단무지 많이! 군만두 서비스!"

"……"

서윤도, 아이들도… 그리고 메뉴를 받아 적던 직원도 모두

할 말을 잊었다.

MH 엔터테인먼트 근처에 자리 잡은 중국집, 그곳에서 일하고 있는 지배인 엑스트라 A 씨는 음식을 내오면서 투덜거리고 있었다.

"군만두 서비스? 이런 빌어먹을 요리도 많이 안 시키는 주제……."

하지만 엑스트라 A 씨는 채 말을 끝맺을 수 없었다.

그의 눈에, 눈부시도록 아름다운 흑진주가 들어왔기 때문이다.

아직 어려 보이는 소녀, 하지만 무척이나 예뻤다.

더욱이, 자신을 향한(정확히 유라는 A씨의 손에 들린 음식 쟁반, 더 정확히 말하자면 그득히 쌓여 있는 단무지를 보고 있었다) 초롱초롱한 눈망울.

두근.

'이건 대체?

엑스트라 A 씨는 작금의 상황을 이해할 수 없었다. 갑자기 왜 심장이 뛴단 말인가?

어떻게든 마음을 추스르려던 찰나 또 눈이 마주쳤다.

두근, 두근!

"하악!"

중국집 지배인, 정확히 말하자면 노총각 엑스트라 A 씨의 하트에 큐피트의 화살을 꽂아 넣은 14살의 꼬맹이, 권유라 양의 위엄이었다.

"…꼬맹아. 저 양반, 왠지 널 보는 눈빛이 위험한 것 같지 않니?"

서윤의 물음에 권유라 양은 대답 대신 입을 헤~ 벌린 채 엑스트라… 아니, 정정하도록 하자. 노총각 A 씨가 들고 나오는 산처럼 쌓인 단무지와 서비스 군만두를 바라보며 침을 흘리고 있었다.

"마, 맛있게 드십시오!"

이 양반, 음식을 내온 뒤에도 까만 꼬맹이에게서 시선을 떼지 못한 채 헤실헤실 웃으며 뒷걸음질로 주방으로 돌아간다.

그 모습을 바라보던 서윤은 의심스럽다는 어조로 중얼거렸다.

"…아동 성애자인가?"

왠지 다음부터는 이곳에 오지 말아야겠다는 결심을 굳힌 서윤이었다.

"그건 그렇고 모두들 먹… 아니, 이미 먹고 있구만."

젓가락을 들고 말하던 서윤은 고개를 절레절레 저었다.

아영은 아예 접시에 얼굴을 박고 울면을 빨아올리기에 여념이 없었다. 현희와 수련 역시 차분히 밥을 먹고 있었다.

뭐, 여기까지는 서윤이 평소에 봐왔던 장면인지라 상관이 없었지만…….

"이 녀석도 잘 먹네?"

까만 꼬맹이, 권유라 양은 눈앞에 그득히 쌓인 노란 단무지와 서비스로 나온 군만두를 빠른 속도로 초토화시켜 가고 있었다.

특히나 짜장 한 젓가락에 단무지를 하나씩 꼬박꼬박 없애가는 그 모습은 경외심마저 들 지경이다.

"너 정말 단무지 좋아하는구나?"

"맛있… 우걱! 어요."

"얌마, 튄다. 그리고 더 먹고 싶으면 시켜."

"오빠는… 우걱! 괜찮은… 후르륵! 사람이군요!"

짜장면 하나에, 그리고 더 먹고 싶으면 시키란 말 한마디에 무서운 오빠에서 괜찮은 사람으로 업그레이드된 서윤이었다.

…과연 이걸로 된 것일까?

그런 생각을 하며 서윤은 식사를 했다. 그리고 그때였다.

외국물 꼬맹이가 까만 꼬맹이를 바라보며 입을 열었다.

"미안한데 물통 좀 줄래?"

“여, 여기요.”

뭔가 이상했다.

분명 90년생인 아영이 까만 꼬맹이, 그러니까 유라에게 언니라고 했다. 그런데 유라가 89년생인 수련에게 존댓말을 한다.

게다가… 왠지 유라가 수련을 대할 때 상당히 어려워하는 눈치다.

“어이, 까만 콩.”

“네? 까만 콩?”

들도 보도 못한 까만 콩이란 지칭에 놀란 유라가 서윤을 바라보았다.

그러자 서윤은 심드렁한 표정으로 답해주었다.

“까만 것이 조그맣잖아. 그러니까 넌 까만 콩.”

“푸헬헬헬~ 까만 콩 어울린다.”

교양이라고는 눈곱만치도 없는 아영의 웃음소리는 무시하기로 하자.

그에 반해 유라는 뚱한 얼굴로 서윤 쪽을 힐끗 바라보았다.

‘마음에 들지 않아요!’ 란 표정을 드러냈지만 서윤은 가뿐하게 무시해 주고는 입을 열었다.

“너 몇 년생?”

"네, 네? 89년생인데요."

그 대답에 서윤은 수련과 유라를 번갈아 바라보며 입을 열었다.

"둘이 동갑인데 왜 이리 어색해? 너희 회사에 언제 들어왔어."

"재작년이요."

"작년인데요."

수련의 말에 이어 유라가 작년에 들어왔음을 말해주었다.

서윤은 고개를 갸웃거렸다.

그렇다면 더 이상하다. 1년이나 같은 연습실을 썼는데 왜 존댓말을 하며, 어색해할까?

서윤이 보기에 유라는 겁은 지지리도 많은데, 까불거리고 장난치기를 좋아한다. 성품 자체도 모나지 않았고 친화력도 있어 보이건만 어째서 식충이 패거리와 어울리지 못하는 인상일까?

특히 아영이나 수아라면 유라와도 죽이 잘 맞을 것 같은데.

그러던 중 문득, 서윤이 눈가를 찡그리며 수련을 바라보았다.

꼬맹이 주제에 엄청 낯가리고, 어딘지 차가운 이 녀석이 문제일지도 모른다는 생각이 들었다.

“너, 네 밑에 온 애들 군기 잡냐?”

“네?”

수련이 눈을 동그랗게 뜨며 반문하자 서윤은 자신이 느꼈던 바를 말해주었다.

그러자 왠지 모르게 수련이 우물쭈물하는 인상이다.

“호오~ 이 녀석. 꼴에 연습생 선배라고 견제하는 거구만?”

“아, 아니에요. 그냥 장난삼아서…….”

“장난?”

서윤은 고개를 갸웃거리며 수련을 바라보았다. 그러자 그녀는 죄지은 사람마냥 더듬거리며 말을 했다.

발단은 이러했다.

처음 유라가 들어온 날 장난삼아서 수아, 그리고 효주란 연습생과 같이 ‘연습실에 신발 벗고 들어와야지.’ 라고 타박을 줬었다고 한다. 문제는 유라가 까불거리는 성정과 반대로 엄청 겁이 많다는 점이었다.

결국, 유라가 완전히 쫄아서 1년 동안 말도 못 놓고 어색한 사이가 되어버린 것이다.

수련과 수아, 두 사람은 두 사람대로 죄책감을 느끼면서도 너무 자신들을 피해 다니는 유라에게 화해의 뜻을 전하지 못했고 말이다.

그런 고백을 들은 서윤은 황당하다는 표정을 지으며 수련의 머리통을 주먹으로 콕 쥐어박았다.

"아얏!"

수련이 자그맣게 비명을 지르며 머리를 손으로 움켜쥐자 서윤은 혀를 쯧쯧 찼다.

"조그만 것들이 벌써부터 못된 것만 배워가지고들. 야, 너희 둘이 말 놔. 알았어?"

서윤의 말에 수련은 답지 않게 '히잉～' 하며 원망스러운 눈빛으로 쳐다봤지만, 어디 통할 위인인가?

결국 수련과 유라는 1년 만에 비로소 말을 놓을 수 있었다.

1년 동안의 어색함을 서윤으로 인해 풀게 되자 유라가 초롱초롱 눈을 빛내며 말해왔다.

"…오빠는 좋은 사람이었군요!"

괜찮은 사람에서 좋은 사람으로 초고속 업그레이드!

그리고 그날, 식충이 패밀리에 신입이 한 명 추가 되었다.

그 후로 시간은 흐른다.

어느 덧 식충이 패밀리에 끼게 된 유라는 서윤을 무서워했던 과거를 모조리 잊어버린 듯했다.

가끔씩 서윤에게 깜찍한(?) 장난을 치기도 했다. 그때마다 그에게 처절한 응징을 당하는 신세기는 하지만.

서윤의 예상대로 유라와 아영은 죽이 참 잘 맞았다. 맨날 장난치면서 놀기에 바빴으니까. 유라와 수련 역시 이제는 자연스럽게 반말을 주고받는 듯했다.

그런데, 문제는 현희였다.

이상하게 현희와 유라의 사이가 어색하달까?

정확히 말하자면 줄기차게 유라가 친해지려 말을 걸어도 현희는 좀처럼 마음을 열지 않는 듯했다.

유라의 장난에도 별로 대꾸하지 않고, 필요할 때만 짧게 단답할 뿐.

게다가, 현희에게 조금 이상한 버릇도 생겼는데…….

다름이 아니라, 식충이 패밀리들과 식사를 하러 갈 때는 꼭 현희가 서윤의 팔 위에 앉으려 한다는 점이었다.

서윤이 조금 귀찮은 티라도 낼라 치면 안아달라고 팔을 꼭 붙잡고, 아주 쿨하게 칭얼거린다.

쿨하게 칭얼거린다? 언뜻 이해가 가지 않을 수도 있어 설명하자면 이렇다.

"뭐냐?"

서윤은 자신을 향해 입을 꾹 다문 채 양팔을 뻗고 있는 현희를 내려다보았다.

"왜? 또?"

그의 물음에도 현희는 아무런 대답 없이 양팔을 뻗은 채 서윤을 뚫어지게 올려다보고 있을 따름이었다.

“에휴.”

결국 서윤은 어쩔 수 없이 현희를 안아 자신의 오른팔에 안
착시켰다.

그제야 현희는 만족스러운 미소를 지으며 힐끗 유라 쪽을
바라보았다.

“……?”

자신을 향한 시선에 유라는 영문을 모르겠다는 표정이다.
그에 반해 현희는 밑에서 걷고 있는 유라를 내려다보며 우쭐
한 표정을 짓고 있었다.

Lesson 3

선발 오디션

그 후로 시간이 흘러, 어느덧 오디션 날짜에 다다랐다.

서윤은 마지막으로 그간 연습했던 것을 확인하기 위해 김현우와 최종 점검을 가지고 있었다.

"후우."

서윤은 나지막하게 숨을 고른 뒤 유리벽을 통해 녹음실 바깥을 쳐다보았다. 그러자 녹음실 밖에 앉아 있던 김현우가 가볍게 고개를 끄덕였다.

"좋네."

"정말요?"

“응, 노래 많이 좋아졌다.”

서윤의 반색에 김현우가 가볍게 고개를 끄덕이고는 방금 전 녹음한 노래를 틀었다.

그렇게 얼마나 시간이 지났을까?

이윽고 자신이 불렀던 노래가 끝나자 김현우가 말문을 열었다.

“어때?”

“제게 물어보셔도…….”

서윤의 말에 김현우는 피식 웃었다.

“이 정도면 들어줄 만하구나. 예전에 비해 음정이 많이 안정되었고, 호흡이나 발성 또한 안정적이네. 이제 일반 아마추어 수준은 넘었어.”

김현우의 말에 서윤이 시무룩한 표정을 지었다. 그 말인즉슨, 이제 일반 사람들보다 조금 더 낫다는 이야기가 아닌가.

“표정 풀어. 너 예전을 생각해 봐.”

“…아하하.”

서윤은 마른 웃음을 흘릴 수밖에 없었다. 하긴, 예전에 비하면 괄목할 만한 성장이었기 때문이다.

“좋게 생각해. 게다가 넌 일단 음색 자체가 워낙 좋으니까 커버가 될 거다.”

김현우는 고개를 끄덕이며 말을 이었다.

“좋은 음색을 가지고 있으니 열심히 공들여 갈고 닦도록 해. 분명한 건 네 음색은 동양권에서 흔히 볼 수 있는 톤은 아니니까 분명 장점으로 작용할 거야.”

“네.”

“자, 여기까지고. 듣자 하니 오디션이 오늘이라고?”

“네.”

“잘해라.”

김현우의 말에 서윤이 대답했다.

“혹시나 오디션에 합격해도 계속 배우러 올 테니까요.”

“…녀석. 그래, 알았다.”

김현우는 그런 서윤의 말에 미소를 짓고 가볍게 손짓을 했다. 이만 가보라는 의미였다.

서윤은 꾸벅 인사를 하고 스튜디오를 나왔다.

자, 드디어 오디션의 시작이다.

서윤이 회사에 도착했을 때 제일 먼저 맞이한 것은 윤수였다.

“야, 어디로 가야 되냐?”

“지하 홀로요. 거기가 오디션장입니다.”

“흠, 그렇군.”

서윤은 가볍게 고개를 끄덕이며 윤수를 앞세우고 지하 홀로 가기 위해 계단에 섰다.

그때, 어디선가 우르르 하는 소리와 함께 식충이 패밀리가 몰려왔다.

"어라? 너희?"

의아한 표정으로 반문하는 서윤을 아이들이 둘러쌌다. 그리고 앙증맞은 양 주먹을 꼭 쥐며 말했다.

"잘해요!"

"화이팅!"

"녀석들."

깜찍한 녀석들의 응원이다.

그 모습에 서윤은 빙긋 미소를 지으며 가볍게 손을 들어 아이들의 머리를 한 차례씩 쓰다듬어 주었다.

"오냐. 잘하고 오마."

"오빠, 합격하면 비싼 거 콜?"

문제는 눈치 없는 아영의 개드립이겠지.

결국 서윤은 아영의 머리통을 손으로 움켜쥐고 들어 올렸다. 아영은 허공에 매달려서 버둥거렸다.

"…내려줘!"

역시나 내려달라고 할 뿐, 아파하지 않는다. 이 아이의 두개골은 정말 강철로 이루어진 것이 아닐까?

그렇게 잠시간의 투닥거림 후 윤수에 의해 서윤은 지하에 위치한 홀로 내려왔다.

복도에는 다른 연습생들이 삼삼오오 모여 있었다. 역시나 데뷔를 결정짓는 오디션이기 때문일까? 모두의 얼굴에 숨길 수 없는 긴장감이 서려 있었다.

물론, 예외도 있었다.

"형은 안 떨려요?"

다름 아닌 서윤이었다. 믿을 수 없다는 윤수의 물음에 서윤은 가볍게 고개를 까닥이며 스트레칭을 시작했다.

"얌마, 긴장해서는 아무것도 안 된다. 마음을 편히 먹어야지."

"…형은 정말 강심장이네요."

하긴, 그러니까 쇠파이프나 체인 등으로 무장한 일진 열일곱 명을 맨손으로, 그것도 홀로 조져놓았겠지.

그렇게 잠시 동안 스트레칭을 하며 몸을 풀고, 가볍게 안무를 맞춰보았을 무렵이었다.

트레이너부의 실장이 사람들을 불러 모았다.

"모두들 주목! 지금부터 오디션 시작한다. 호명하는 조는 곧장 안으로 들어와라. 이상!"

짧은 지시 사항, 그 이후 실장은 안으로 들어가 버렸다. 뒤이어 나온 트레이너부 직원이 프린트된 종이를 들며 첫 번째 조를 호명했다.

"김서윤, 정윤수!"

“하아~”

긴장되는 첫 번째 순서가 아니라는 것 때문일까? 연습생들 사이에 안도하는 기색이 터져 나왔다.

그에 반해 윤수는 안색이 굳어져서 한숨을 내쉬었다.

“하아! 하필이면 첫 번째…….”

짝!

“시꺼, 임마. 오히려 첫 번째가 나을 수도 있어.”

그에 반해 서윤은 뭘 그런 것을 가지고 그러냐며 윤수의 등짝을 짝 소리가 나도록 쳤다.

“아얏!”

등에 느껴지는 화끈한 통증에 윤수가 서윤을 돌아보았다. 그러자 서윤은 빙긋 웃으며 입을 열었다.

“어때? 긴장이 좀 가셔?”

“…아하하. 정말이지 형은 못 말리겠네요.”

서윤의 행동에 한결 긴장이 풀린 윤수의 표정이었다. 그런 모습을 바라보던 서윤이 먼저 앞으로 한 걸음 나섰다.

“가자.”

“예, 형님.”

한편 그 시각, MH 엔터테인먼트의 수장 이만호는 가만히 앉아 오디션장 안으로 들어오는 서윤과 윤수를 바라보았다.

그의 양옆으로는 트레이너부 직원들이 서 있었고 말이다.

"저애들입니까?"

문득 옆에서 들려오는 소리에 고개를 돌려보니 오늘 오디션의 심사인인, 드림 댄스 스쿨의 박진성 대표가 눈을 빛내고 있었다.

18년간 마이클 잭슨의 댄스 스승이었다는 팝퍼이자 웨이버인 팝엔타코, 그에게 13살 때부터 춤을 배웠다는 박진성 대표다.

더욱이 해외의 유명 댄서들과도 깊은 교류를 가지고 있는 월드 클래스급 댄서가 바로 그다.

"정윤수 군은 댄스에 관한 한 자타 공인 연습생 중 최고라는 평가지. 그리고 저 아이는 김서윤일세."

만호의 소개에 박진성이 고개를 끄덕였다.

"…김서윤이란 연습생은 정말 잘생겼군요."

박진성은 나지막한 탄성을 흘렸다.

뭐라고나 할까? 김서윤이 홀 안으로 들어오는 순간 번쩍번쩍 빛이 나는 것 같다.

그런 말이 있지 않은가? 장동건이나 김희선을 본 사람들이 '얼굴에서 광채가 나는 것 같았어요.' 라고 하는 말을.

그런데 박진성은 김서윤을 보고 그런 광채를 느꼈다.

말 그대로 완벽한 비주얼이 아닌가?

하지만…….

“185, 186? 키가 너무 크군요.”

키가 크고 신체 비율이 시원시원한 것이 보기에는 좋지만 과연 춤을 출 때 제대로 테가 날는지 의구심이 들었다.

잘 춘다면 모를까, 만약 그렇지 못하다면 키가 크다는 것은 마냥 좋게 볼 수는 없다.

자칫 댄스가 멋없이 어정쩡해 보일 수도 있으니까.

반대로 이야기하자면 장신이 정말 춤을 잘 춘다면 그 이상으로 멋있다. 소위 말해 뽀대가 난다고나 할까?

그런 생각을 하며 박진성은 가볍게 고개를 끄덕였다.

“일단 보도록 하죠.”

그렇게 만호에게 속삭이듯 말한 박진성이 서윤과 윤수를 바라보았다.

그때 윤수가 준비해 온 안무용 음악 CD를 스텝에게 건넨 후 만호과 박진성을 바라보았다.

그리고는 서윤과 함께 꾸벅 인사를 했다.

“잘 부탁드리겠습니다!”

“시작해 보게.”

이만호의 말이 끝나자 이내 스피커를 통해 마이클 잭슨의 데인저러스 안무 버전이 흘러나왔다.

그리고—

“어?”

　두 사람의 안무가 시작됨과 동시에 박진성은 자신도 모르게 단발마의 당혹성을 흘릴 수밖에 없었다.

　'각이 달라?'

　박진성은 멍한 표정으로 눈을 꿈벅이며 서윤의 몸짓을 자세히 바라보기 시작했다.

　물론 윤수도 나무랄 데 없다. 또래의 아이 치고는 기본기도 잘 닦여져 있고, 댄스란 것에 관해 깊숙이 공부한 흔적도 보인다.

　그에 반해 서윤은 어떤가? 한눈에 보기에도 잘 연습되어 있음이 분명하다. 윤수에 비해 아주 약간 투박함이 묻어나오기는 했지만 말이다.

　하지만 그것보다 박진성의 시선을 잡아끈 것은 서윤에게서 느껴지는 천부적인 리듬감과 탄력, 마지막으로 안무를 표현해 내는 육체의 선이다.

　이건 뭐라고 설명해야 할까? 그래, 마치─

　"마이클 잭슨?"

　박진성은 멍한 어조로 중얼거릴 수밖에 없었다.

　"수고하셨습니다!"

　그렇게 1분 30초가량의 안무가 끝난 뒤 서윤과 윤수는 꾸벅 인사를 하고는 홀을 나섰다.

　탕!

이윽고 문이 닫히자 만호가 박진성을 바라보았다.

"어떤가?"

"좋군요. 잘 추네요."

"그런가?"

박진성의 호평에 만호는 만족스러운 미소를 지었다. 솔직히 말하자면 내심 만호는 서윤과 윤수를 이번 프로젝트에 넣기로 점찍어둔 상태였다.

서윤의 막강한 비주얼과 윤수의 춤은 분명 이번 프로젝트를 성공으로 이끌 필승 전략이라 생각했기 때문이다.

"그건 그렇고 김서윤이란 연습생, 들어온 지 꽤 되었습니까?"

그때 문득 박진성이 물어왔다. 만호는 무슨 소리냐는 표정으로 대답했다.

"아니? 이제 갓 다섯 달 정도 되었지?"

"네?"

순간 박진성이 눈을 동그랗게 뜨며 반문했다. 하지만 그것도 잠시, 조금은 들뜬 어조로 되물었다.

"어디서 춤을 좀 배웠었습니까?"

"들어오기 전까지 춤을 춰본 적도 없다고 들었네만? 왜 그러는가?"

영문을 모르겠다는 만호의 물음에 박진성은 멍한 표정을

지었다.

말도 안 된다. 춤도 춰본 적이 없는 초짜가 고작 다섯 달 만에 저 수준에 이른다고?

"아니다."

말이 된다.

왜냐하면 서윤이란 저 연습생은—

"천재니까."

박진성은 굳게 닫힌 문 저편을 가만히 응시하며 중얼거렸다.

한편, 오디션장을 나서기가 무섭게 윤수가 긴 한숨을 토해냈다.

"후아~ 엄청 긴장했네."

그에 비해 서윤은 들어갈 때와 마찬가지로 동요 없는 표정이다.

그런 모습을 바라보며 윤수가 가볍게 미소를 머금은 채 말했다.

"형, 잘하셨어요."

다행히 실수는 없었다. 말 그대로 연습한 만큼 나왔다고나 할까?

결과야 아직 알 수 없지만 일단 만족스러웠다. 더욱이 잘해준 서윤에게 고맙기도 했고 말이다.

그때 서윤이 가볍게 기지개를 켜며 말했다.

"끙차~ 어찌되었든 1차 오디션은 끝난 건가?"

"하나를 끝냈더니 이제는 보컬 심사네요."

"그건 언제지?"

"2시간 뒤예요."

"하루 만에 후다닥 해치울 모양이구나?"

서윤의 말에 윤수는 쓴웃음을 지었다. 그러자 서윤은 가볍게 어깨를 으쓱였다.

"목이나 풀고 있어야겠네."

서윤은 고개를 끄덕이며 휘적휘적 걸어갔다. 윤수는 그의 뒤를 따르려다가 막아서는 연습생들로 인해 발걸음을 멈출 수밖에 없었다.

"어땠어?"

"분위기는 어떻디?"

아무래도 첫 번째 차례였던 두 사람이니만큼 분위기는 어떤지를 물어오는 것이다.

윤수가 대답하는 사이에 서윤은 계단을 타고 올라왔다. 그의 발걸음이 향한 곳은 피아노가 놓여 있는 연습실이었다.

서윤은 가만히 자리를 잡고 앉아 건반 위에 손을 올려놓았다.

이윽고 그의 손가락이 건반 위를 움직이기 시작했다.

"아아아아아아~"

이십여 분 정도 김현우에게 배운 기초 발성으로 목을 푼 뒤 서윤이 건반을 누르기 시작했다.

곧바로 피아노에서 차분한 반주가 흘러나왔다.

"음, 좋네."

배운 지는 얼마 되지 않았지만 현희조차도 서윤의 성장세가 비상식적이라 말했었다.

이제는 대중가요의 반주 정도는 능숙하게 치면서 노래를 부를 수 있다. 이윽고 간주가 끝나자 서윤의 입에서 듣기 좋은 허스키 보이스가 흘러나오기 시작했다.

그가 선택한 노래는 조규만의 '다 줄 거야' 였다. 기본적으로 김현우가 가장 잘 소화한다고 칭해주었던 기억이 있기 때문이다.

그렇게 몇 번이고 반주에 맞춰 노래를 반복해서 불렀을 무렵이었다.

달칵.

문득 연습실 문이 열리는 소리에 서윤의 고개가 돌아갔다.

"누구… 응?"

그리고 열린 문을 통해 놀란 표정의 외국물 꼬맹이와, 어딘지 모르게 배신감에 찬 식충이 2, 임아영 양이 모습을 드러냈다.

*　　　*　　　*

　쉬는 시간, 음료수를 빼먹기 위해 휴게실로 향하던 수련과 아영은 희미하게 귓가를 간질이는 목소리에 발걸음을 멈췄다.

　'응?'

　아영은 잠시 귀를 기울이고는 연신 귓가로 들어오는 노랫소리를 들었다. 평소라면 그냥 지나쳐도 무방했다.

　연습생들은 항상 노래 연습을 하니 이상할 것도 없는 상황이었기 때문이다. 하지만 그녀가 발걸음을 멈춘 까닭은 따로 있었다.

　"이상하다. 왠지 모르게 어디선가 들어본 목소리인데?"

　잘은 모르겠지만 낯이 익은 목소리다.

　'누구지?'

　궁금증이 생긴 아영이 발걸음을 옮겼다. 그리고 잠시 뒤, 아영은 피아노실 앞에 섰다.

　'이곳이네?'

　연습실 안에서는 차분한 반주와 더불어 듣기 좋은 노랫소리가 흘러나오고 있었다.

　한편, 수련은 조용히 연습실 문 안쪽에서 흘러나오는 목소리를 들으며 고개를 갸웃거리고 있었다.

뭐라고 표현을 해야 할까?

과하지 않은 적당한 허스키 보이스의 음색과 피아노 반주가 무척이나 어울린다.

아직 어린 나이기는 하지만 MH에서 굴러먹으며 키워진 안목이란 것이 있다.

객관적으로 따져 이 목소리의 주인공이 누구인지는 모르겠지만 기교적인 측면에서는 그렇게 뛰어나지 않은 것 같다.

하지만—

'음색 하나는 정말 좋네.'

하지만 만약 조금 안목이 있는 트레이너였다면 이렇게 생각했을 것이다.

분명 기교적인 면에서는 부족하다. 하지만 좋은 음색과 더불어, 바이브레이션 같은 기교 없이 깔끔하고도 담백하게 노래를 소화해 내는 곡 표현력이 좋다고.

막말로 기교야 배우면 되는 것이니까.

그때 아영이 수련에게 물어왔다.

"언니, 목소리가 낯익지 않아요?"

"그러고 보니……."

듣고 보니 그렇기는 하다. 수련이 머리를 긁적이며 고심하고 있을 무렵, 아영이 대뜸 연습실 문을 두들기더니 문고리에 손을 가져간다.

"연습하는데 실례……."

하지만 그녀가 말을 채 끝맺기도 전에 아영이 연습실 문을 열었다.

그리고 드러난 광경.

연습실 한편, 피아노를 치며 차분하고도 담담하게, 그리고 어딘지 모르게 이야기하듯 노래를 부르고 있는 서윤의 모습이 두 사람의 눈에 들어왔다.

그 순간 서윤이 노래를 멈추더니 고개를 획 하고 돌렸다.

"누구… 응?"

서윤은 자신들을 발견하고는 눈을 동그랗게 뜨며 반문했다.

수련은 그런 모습을 보며 놀란 표정을 지을 수밖에 없었다. 분명, 그녀가 아영에게 듣기로 서윤은 얼굴로 캐스팅되었다고 했다.

요즘은 회사 바깥에서 따로 보컬 레슨을 받는다고 들었지만…….

'이 오빠가 이렇게 보컬 톤이 좋았었나?'

그런 생각을 할 무렵 서윤이 심드렁한 표정으로 말해왔다.

"뭐냐? 외국물 꼬맹이, 그리고 식충이 2."

빠직!

외국물 먹은 꼬맹이란 지칭이 마음에 안 들기는 하지만, 일단 연습을 방해한 것은 사실이다.

수련이 일단 사과를 해야겠다는 생각에 말문을 열려던 찰나, 돌발 상황이 일어났다. 수련의 옆에 서 있던 아영이 돌연 배신당했다는 표정으로 서윤에게 빽! 하고 소리친 것이다.

"이 배신자!"

"뭐, 뭐?"

서윤의 입장에서는 뜬금없는 일갈.

영문을 알 리 없기에 어리둥절한 표정을 지을 수밖에 없었다. 그때 아영이 씩씩거리며 외침을 이었다.

"어째서 노래가 이렇게 늘은 거야! 오빠하고 난 동지(?)였잖아!"

요즘 들어 서윤이 보컬실에 잘 오지 않음을 알고 있다.

얼마 전에야 서윤이 개인 트레이너에게 레슨을 받고 있음을 알았으니까.

하지만, 그럼에도 불구하고!

아영은 내심 서윤의 보컬 실력을 자신과 동급으로 놓고 있었다.

예전에는 얼마나 좋았는가?

아영은 보컬실 앞, 복도 벽에 쪼그리고 앉아 의기소침해 있던 서윤에게서 자기 위안을 삼았었다.

물론, 서윤 역시 보컬실을 나온 아영를 보며 핀잔을 주었었
다.

그런데, 이게 뭔가! 이건 말도 안 된다!

"이 배신자야!"

아영의 한 맺힌 절규가 연습실을 쩌렁쩌렁 울렸다.

그야말로 엄청난 성량!

서윤은 얼굴을 찡그리며 손으로 귀를 막았다.

그리고 수련은 아영의 폭발적인(?) 성량에 '이 정도 성량이
라면 재능이 있을 법한데 어째서?' 란 표정을 짓고 있었다.

그때 서윤이 아영의 머리통에 꿀밤을 먹였다.

콩!

"아얏!"

"이 녀석, 고막 터지겠다."

서윤의 타박에도 아영은 삐친 표정을 풀지 않고 있었다.

"듣고 보니 기분 나쁘네. 내가 너랑 동지라고?"

거기까지 말한 서윤이 돌연 비릿한 미소를 짓는다. 그리고
는……

"풋!"

비웃음을 날렸다. 순간 아영이 울상을 지으며 다짐하듯 열
변을 토했다.

"두고 봐! 다음에 볼 때는 연습 열라 많이 해올 테니까!"

“여전히 말투가 저렴하기 이를 데 없구나, 식충이 2. 열라 많이가 뭐냐? 열라 많이가.”

“씨잉~ 오빠 미워!”

결국 자기 분을 이기지 못하고 연습실을 박차고 나간 임아영 양이었다.

그녀는 그 길로 보컬실로 달려갔다.

“보컬 레슨 받으러 왔습니닷!”

그리고, 30분 후.

“…우우우~”

말 그대로 허벌나게 깨지고 나온 임아영 양이 보컬실 앞 복도 벽에 쪼그리고 앉아 어둠의 오오라를 흩뿌리고 있었다.

그 모습이 안타까웠는지 수련이 땅을 파고들 기세인 아영의 어깨를 토닥여 주며 딴에는 위로랍시고 말한다.

“괜찮아. 꾸준히 연습하면 언젠가는 성과를 볼 수 있을 거야……”

거기서 끝났으면 참으로 훈훈한 마무리였을 텐데.

수련은 어색한 표정으로 볼을 긁적이며 기어코 임아영 양의 가슴에 대못을 박았다.

“…아마도.”

“아마도라니요!”

아영이 빽 하고 외쳤다.

한편, 아영이 한바탕 휘젓고 간 뒤 서윤은 다시금 피아노 의자에 앉았다.

"에잉, 건방진 식충이 꼬맹이 같으니. 한참 연습하는데 와서 훼방이나 놓고 말이야."

그렇게 잠시 투덜거리다가 이내 녹음기를 꺼내서 버튼을 누른 뒤, 건반을 두드리며 다시금 노래를 부르기 시작했다.

달칵.

이윽고 노래가 끝나자 서윤은 녹음을 끝내고 재생 버튼을 눌렀다.

"음……."

자신의 노래를 들은 서윤은 이번에는 256MB에 이르는 대용량(?) 최신형 MP3를 통해 원곡을 들었다.

"다시 불러보자."

자신의 육성과 원곡을 비교해서 들은 서윤이 다시금 피아노에 앉았다.

자신이 느낄 수 있는 한도 내에서, 원곡이 가지고 있는 느낌을 상기하며 노래에 접목시키는 작업인 것이다.

"많이 듣고, 많이 불러봐. 가장 좋은 선생님은 명곡을 반복해서 듣고 그 특유의 feel을 내 것으로 만들려고 하는 노력이다."

김현우는 말했다. 흉성? 두성? 샤우팅? 테크닉은 결국 노래의 맛을 보완해 주기 위한 방법일 뿐이라고.

노래의 왕도란 탄탄한 기본기와 더불어 수없이 듣고, 불러보는 것 외에는 없다.

그 과정을 끝없이 반복하고 가사를 음미하며 곡에 대한 이해도를 높여가자.

"차분히 해나가면 되지."

김현우의 말마따나 남들에 비해 성장이 느릴 수도 있다.

하지만 서윤은 김현우의 말에 공감을 했고, 그의 방식으로 훈련을 해나가고 있다.

결국 서윤은 윤수가 연습실로 찾아오기 전까지 부른 노래를 녹음해 듣고 원곡과 비교하는 과정을 반복했다.

"형님, 곧 시작이에요."

"벌써 그렇게 시간이 됐냐?"

서윤은 그렇게 말하며 몸을 일으켜 연습실을 나섰다.

"연습 많이 하셨어요?"

"뭐, 그럭저럭이랄까?"

서윤은 대수롭지 않게 말하며 앞서 걸어 나갔다.

그런 서윤의 뒷모습을 바라보던 윤수는 가벼운 탄식을 흘렸다.

고백하자면, 조금 전 윤수는 연습실 문 안쪽에서 흘러나오
던 서윤의 노래를 잠시 동안 듣고 있었다.

뭐랄까?

음색이 무지 좋았다.

테크닉이 전혀 깃들지 않은, 자칫 밋밋할 수도 있는 전개였
는데, 좋은 음색으로 깔끔하고 담백하게 부르고 있었다.

"진짜 연습 많이 했구나."

윤수는 자신도 모르게 중얼거렸다.

처음 봤을 때는 완전 쌩 양아치인 줄 알았다.

사고나 치고 다니다가 반반한 얼굴로 캐스팅된, 부모에게
떠밀려 들어온 그저 그런 부류.

물론 그 뒤에는 생각보다 나쁘지 않은, 아니, 꽤나 좋은 사
람임을 깨달았다.

춤에 관한 천부적인 재능을 발견하기도 했고 말이다.

언제나 툴툴거리고 비아냥거리기는 하지만, 합숙이란 명
목 하에 서울에 인척이 없는 윤수를 재워주고 먹여준 사람이
다.

'생각해 보니 나… 언제나 저 형보다 일찍 잠들었었어.'

개인 보컬 트레이닝을 받고 회사에 와서 안무 연습을 한다.
그 뒤, 집으로 돌아와서도 새벽까지 오디션 준비를 했다.

그리고 윤수 자신이 피곤에 찌들어 먼저 자러 올라갔을 때

도 서윤은 언제나 지하에 남았다.

　반대로 말하자면 윤수가 잠든 뒤에도 조금 더 시간을 할애해 연습을 했다는 뜻이겠지.

　생각해 보자면 노래도 그렇다. 언제나 기초 발성이나 호흡법만 반복하는 서윤의 모습에 걱정했던 적도 있었다.

　하지만, 윤수는 이제야 깨달을 수 있었다.

　김서윤이란 사람은 그 누구보다 열심히 노력하는 사람이고, 언젠가는 반드시 스타가 될 사람이구나라고.

　그런 생각을 한 윤수는 멀어져 가는 서윤에게 빠른 걸음으로 다가서며 외쳤다.

　"같이 가요!"

　"그랴, 어여 와라!"

　서윤의 말에 윤수의 입가에 미소가 머금어졌다.

　'…나도 노력할 테니까요.'

　그렇게 최종 보컬 오디션이 시작되었다.

＊　　　＊　　　＊

　모든 오디션이 끝나거 세 시간 뒤.

　만호는 가만히 자신의 책상 위에 놓인 여섯 장의 서류를 바라보았다.

"김서윤, 정윤수, 김준호, 김재현, 박무천… 그리고 심창현 인가?"

여섯 명의 연습생 인적 사항이 적힌 서류였다.

앞의 다섯은 오디션을 통해 뽑힌, 내년 초에 데뷔할 그룹의 확정 멤버다.

문제는 이만호가 뒤에 지칭한 심창현이다.

"흠… 고민되는군."

이만호는 나지막한 침음성을 흘렸다.

내년 초에 데뷔할 그룹은 애초에 5인조로 정해놓았었다.

보통 그룹은 홀수로 뽑는 편이다.

그래야 무대에 섰을 때도 멋지기 때문이다. 짝수일 경우에는 W자나 M자, V자 대형을 하지 못한다.

문제는 가능성이 있다고 추천한 심창현이다.

'6인조로 가야 하나?'

잠시 고심하던 이만호는 이내 고개를 내저었다. 짝수 그룹은 아무리 생각해도 그렇다.

'일단 여섯 명을 훈련시켜 본 뒤에 한 명을 쳐내야겠군.'

이만호는 그렇게 생각하며 눈을 지그시 감았다. 그리고 오늘 있었던 오디션에 대해 상기해 보았다.

솔직히 그 역시도 김서윤의 성장에 대해서는 깜짝 놀랐었다.

워낙에 비주얼이 뛰어난지라 일단 뽑기로 결정되었었다. 하지만 그가 보여준 댄스는 대단했다.

물론, 재능이 있다고 보고를 듣기는 했지만 그 정도일 줄은 몰랐다.

드림 댄스 스쿨의 박진성 대표마저 천재라고 흥분했을 정도였으니까.

MH 내 소속 트레이닝부 직원들 역시 만장일치로 합격점을 주었다.

문제는 그 뒤에 있었던 개인별 보컬 심사 때였다.

솔직히 만호를 비롯해 MH 소속 보컬 선생들조차 서윤에 대해 잘 알지 못했다.

애초에 노래에는 그다지 재능이 있지 않다는 것이 모두의 판단이었고, 만호 역시 그렇게 보고를 들었으니까.

물론, 서윤이 요즘 들어 MH가 아닌 개인 보컬 레슨을 받고 있음은 알고 있었다.

서윤의 집에서 들어온 요청이었고, 그를 받아준 대가로 그쪽에서 받은 투자도 상당했기에 거절하지 않았다.

그런데…….

'아주 좋았어.'

트레이닝부 직원들조차 '이렇게 보컬 톤이 좋았던가?'라며 눈이 휘둥그레질 정도였다.

테크닉을 완전히 배제한 채 매혹적인 음색으로 이야기하듯 노래하는 곡 소화력과 표현력.

문득 만호의 뇌리에 보컬 총 심사를 맡았던 박선희의 말이 떠올랐다.

"오래간만에 보는, 정말 기초가 잘 닦인 연습생이네요. '발성과 호흡의 정석이란 이런 것이다!'를 저 아이가 보여주고 있어요. 기교가 전혀 없다고요? 보세요. 바이브레이션 같은 것 하나 없이도 저 아이가 부르고 있는 '다 줄 거야'는 전혀 어색하지 않아요. 놀랍게도 십대의 저 어린 소년은 원곡을 자신의 Feel로 소화해 내고 있다고요."

박선희가 누구던가?

1989년 강변가요제의 은상 수상자로 가요계에 데뷔한 이래, 여태까지 활동을 하고 있는 실력파 뮤지션이었다.

게다가 그녀는 수많은 가수를 키워낸 보컬 트레이너로도 유명하다.

그런 그녀가 서윤에게 아낌없는 극찬을 보냈다.

"아직 투박한 맛은 있지만 음색 하나는 타고났네요. 저런 유의 허스키 보이스는 동양권에서는 매우 드물어요. 듣기 거북하지도 않고 상당히 미려하게 느껴지면서 탄력이나 파워도 있어요. MH가 아닌 외부에서 개인 레슨을 받고 있다고 했죠?

그렇다면 저 학생을 가르치고 있는 보컬 트레이너는 정말 대단하신 분이네요. 절대 무리하지도, 조급해하지도 않고 기초부터 차근차근 원석을 세공하고 있는 거잖아요."

뒤이어 박선희는 서윤 역시 대단하다고 했다. 왜냐고 묻는 만호의 물음에 빙긋 웃으며 그녀는 대답했었다.

"보통의 연습생들이라면 데뷔가 목표인 만큼 조급해할 만도 하잖아요? 그런데 저 아이는 그렇지 않아요. 제 예상이 정확하다면 저 정도의 기본기를 갖추는 데, 그러니까 호흡법과 기초 발성에만 몇 달 이상을 쏟았을 거예요. 그 과정이란 것이 상당히 힘들고 지겨우니까요."

그 말을 끝으로 박선희는 더 볼 것도 없다는 듯 서윤에게 합격점을 주었었다.

만호는 박선희와의 대화를 다시금 상기하다가 가볍게 눈가를 찡그렸다.

"그건 그렇고……."

다만 그 뒤, 박선희와 나누었던 대화가 만호의 마음 한편에 걸렸다.

"고생 좀 하실 거예요."

"갑자기 무슨 소리요?"

"앞으로 수준 높은 작곡가를 섭외하셔야 할 테니까요."

"수준 높은 작곡가?"

“네, 적어도 국내 톱! 그마저도 여의치 않다면 해외로 눈을 돌려서라도 작곡가들을 섭외하시는 게 좋을 겁니다.”

“…….”

“설마, 저렇듯 빛나는 재능을 가진 아이에게, 그저 그런 곡을 부르게 할 생각은 아니시겠죠?”

만호는 박선희가 무슨 말을 하고자 하는지 짐작할 수 있었다. 그 역시 7, 80년대를 풍미했던 가수 출신이었으니 말이다.

“분명, 저 아이의 현재는 그리 대단하지 못해요. 음색은 타고났지만, 달리 말하면 기본기와 음색뿐이거든요. 하지만 앞으로 어떻게 갈고 닦느냐에 따라 그 가치는 달라질 거랍니다. 그렇다면 곡 역시 저 아이의 격에 맞춰주서야죠.”

거기까지 말한 박선희는 빙긋 웃었다. 그리고 이만호에게 다소 도발적일 수도 있는 마지막 말을 남겼다.

“대표이사님, 아니… MH란 회사는 과연 저, 김서윤이란 극상의 원석을 감당하실 수 있으신가요? 결례를 무릅쓰고 묻죠. 과연 이 회사 내에서 저 아이의 재능을 갈고 닦을 수 있을까요?”

그것이 아까, 박선희와의 일이었다.

“하아.”

이만호는 한숨을 내쉬다가 거칠게 머리를 헝클였다.

"건방진… 감당할 수 있겠냐고?"

다음 날, 내년 데뷔할 6인의 합격자 명단이 게시되었다.

윤수는 뛸 듯이 기뻐했지만, 탈락한 다른 연습생들은 그렇지가 못했다.

눈물을 흘리거나 믿을 수 없다는 표정으로 합격자 명단을 바라보고 있는 연습생까지, 그 반응은 다양했다.

하지만 결국 현실은 냉엄하다. 떨어진 연습생들은 어깨가 축 늘어져서 뿔뿔이 흩어지고 말았으니까.

모르기는 몰라도 개중에 이번 충격으로 연습생 생활을 접는 이들도 있을 것이다.

하지만 데뷔라는 목표를 위해 경쟁을 해오던 이들이다.

접는 이들도 물론 있겠지만, 반대로 다음 올 기회를 잡기 위해 또다시 연습에 매진하겠지.

서윤은 흩어지는 사람들을 잠시 바라보다가 윤수 쪽으로 시선을 주었다.

윤수는 여전히 벅차오르는 감정을 주체하지 못하고 있었다.

서윤은 피식 미소를 지으며 그런 모습을 바라보고 있었다. 다른 연습생들과의 경쟁에서 승리자가 된 것이다.

　지금만큼은 그 기쁨을 누릴 권리가 윤수에게 분명 존재한
다.

　그렇게 얼마나 시간이 지났을까? 어느 정도 마음을 추스른
윤수가 서윤에게 시선을 주며 입을 열었다.

　"축하드려요."

　"너도 수고했다."

　서윤의 말에 윤수의 얼굴이 다시금 활짝 피었다.

　그간 몇 번이고 팀이 만들어졌다가 엎어졌다. 물론 이번에
도 그러지 않으리란 법은 없지만, 그럼에도 기쁜 것은 기쁜
것이다.

　그때 트레이닝부 직원 한 명이 다가왔다.

　"너희 둘, 따라와라."

　"어디에 갑니까?"

　윤수의 물음에 직원이 피식 웃었다.

　"오디션에 합격했잖니. 오늘부터 합격 멤버들에게 전용 연
습실이 할당되었다."

　"전용 연습실……."

　윤수가 나지막하게 중얼거렸다.

　다른 연습생들은 들어올 수 없는, 데뷔가 확정된 자신들만
의 연습 공간인 것이다.

　이윽고 직원이 앞서 걷고, 윤수와 서윤이 그 뒤를 따랐다.

그때 서윤이 윤수에게 물었다.

"거기 가면 합격한 나머지 네 명도 있겠지?"

"그렇겠죠?"

윤수의 말에 서윤의 입가에 왠지 모르게 위험해 보이는 미소가 지어졌다. 그 모습에 윤수가 물었다.

"왜요?"

"앞으로 같이 연습할 사이니까, 잘 지내보려고. 아주 잘……."

윤수는 갑자기 나머지 네 명이 불쌍하게 느껴졌다.

한편 오디션 합격생들의 연습실에서는 탄식이 흐르고 있었다.

"김서윤이라… 김서윤……."

"미치겠네."

"하아."

김재현, 박무천, 김준호는 한숨을 내쉬었다.

오디션에 합격했다는 이야기를 들었을 때만 해도 무지무지 좋았다.

적어도 합격지에 적힌 김서윤이란 이름을 발견하기 전까지는 그랬다.

그들 역시 서윤에 대한 이야기는 들어서 알고 있다. 공인

MH 엔터테인먼트 최강의 원 펀치가 아니던가?

아니, 조금 더 정확히 말하자면 회사를 넘어 서울권 최강…
잘하면 전국 최강일 수도 있다.

그들 역시 동영상을 보았다. 그리고 내린 결론인 것이다.

생각해 보라. 사방이 뻥 뚫린 운동장에서 쇠파이프나 체인
등으로 무장한 열일곱 명을 주먹만 가지고 때려눕혔다. 그것
도 한 대도 안 맞고.

전국구급의 조폭? 아니, 이종 격투기 챔피언이 와도 그건
불가능한 이야기다.

한마디로 김서윤은 사람이 아니란 뜻이다.

비록 같은 4층 연습실을 쓰고 있었지만 반이 달랐던 세 명
은 서윤을 오다가다 몇 번 지나치듯 봤을 따름이었다.

그때 옆에서 스트레칭을 하고 있던 창현이 심통한 표정으
로 입을 열었다.

"서윤 형님 나쁘게 보지 마세요."

"엉?"

갑작스런 창현의 말에 모두의 시선이 그에게 향했다.

"알고 보면 무척 좋은 분이니까요."

"김서윤이……."

"좋은……?"

재현과 무천의 물음에 창현은 자신이 처음으로 연습생으

로 들어왔을 때의 일을 말해주었다.

아직까지도 서윤이 연습생들을 넘치는 카리스마(?)로 눌러주고 자신이 적응할 수 있도록 도와준 것이라 굳게 믿고 있는 창현의 사견이 무척이나 깊게 스며 있음은 말할 것도 없으리라.

문제는 나머지 세 명이 창현의 이야기에 고개를 끄덕였다는 점이겠지.

"…정말인가?"

"생각보다 나쁜 사람은 아닐지도 모르겠구나?"

"그렇다면 다행이네."

재현과 무천, 준호가 천천히 고개를 끄덕였다.

사실 그렇지 않은가? 자신들이야 들은 것만 있을 뿐, 창현은 직접 같은 연습실에서 겪었다.

그런 아이가 저렇듯 못에 핏대까지 세우며 찬양질을 하니 어느 정도는 긴장된 마음이 풀릴 수밖에.

그리고 그때!

탁!

갑작스레 문이 열리며 서윤이 연습실 문을 통해 안으로 들어왔다. 입가에 득의만만한 미소를 머금은 채로.

그리고 세 명은 서윤의 얼굴을 보는 순간 깨달았다. 뭔가가 이상하다라고.

척척척!

그때 서윤이 똑바로 네 명을 향해 걸어왔다. 그리고 그 앞에 서서 우월하기 그지없는 신장으로 재현과 무천, 준호를 내려다보았다.

솔직히, 세 사람 모두 서윤과는 신장 차이가 나니까 말이다.

어딘지 모르게 주눅이 드는 것 같은 느낌이랄까? 세 명이 그런 느낌을 받을 무렵 창현이 환하게 웃으며 서윤에게 다가섰다.

"형님! 오셨어요?"

"엉? 아… 그라."

서윤이 가볍게 눈살을 찌푸리면서도 대답한다.

한눈에 보기에도 '동경하고 있습니다, 형님!' 이란 아우라가 뭉클뭉클 피어오르고 있다.

이 녀석은 서윤이 조금은 부담스러워하는 드문 존재들 중 하나다. 다른 것이 아니라 자신을 바라보며 반짝반짝 눈을 빛내는 것이 그러하다.

"모두 모였네요."

그때 서윤의 뒤에 서 있던 윤수가 말했다.

드디어 여섯 명이 한 연습실에 모인 것이다. 그 모습을 바라보던 트레이너가 말문을 열었다.

“모두 자기소개들 해라.”

트레이너의 말에 먼저 말문을 연 것은 당연히 서윤이었다.

“김서윤. 85년생.”

“정윤수입니다. 86년생입니다.”

“김재현입니다. 86년생인데 빠른 생일이에요.”

재현의 말에 서윤이 툭 하니 내뱉는다.

“난 빠른 생일 그런 것 안 친다. 연수로 끊으니까 앞으로 형이라고 불러.”

“……”

순간 재현이 입을 쩍하고 벌렸다. 하지만 서윤은 사뿐히 무시해 주고 무천에게 시선을 주었다.

“바, 박무천입니다. 86년생입니다.”

“김준호입니다. 8, 87년생인데… 저도 빠른 생일…….”

찌릿!

서윤의 눈가를 찡그린다. 순간 준호가 재빨리 말했다.

“그냥 87년생입니다!”

“심창현입니다. 88년생입니다! 서윤 형님이랑 같이 연습을 하게 되어 영광이에요.”

마지막으로 서윤의 빠돌이(?) 심창현이 인사를 끝냈다.

이윽고 어느 정도 자기소개가 끝나자 트레이너가 서윤에게 시선을 주었다.

“서윤이가 제일 연장자니까 리더다.”

트레이너의 말에 서윤이 어깨를 으쓱였다. 마음대로 하라는 몸짓이었다.

“나머지는 스트레칭하면서 몸 풀고 있고, 서윤이는 잠시 나랑 같이 가자.”

“네? 왜요?”

“대표님이 좀 보시자네.”

트레이너의 말에 서윤은 귓가를 후비면서도 그의 뒤를 따라 연습실을 나섰다.

탁!

연습실 문이 닫히기가 무섭게 재현과 무천, 준호가 깊은 한숨을 내쉬었다. 그리고는 이게 어떻게 된거냐란 표정으로 창현을 바라보았다.

분명 좋은 사람이라고 하지 않았는가? 그런데 저건 뭔가!

하지만 창현은 그들의 눈빛을 이해하지 못하겠다는 표정이다.

결국 포기한 재현이 어깨를 축 늘어트렸다. 그러다 트레이너의 지시에 따라 스트레칭을 시작한 윤수를 발견하고는 물었다.

그래도 윤수와는 안면이 있었기 때문이다.

“야, 그것보다 너도 빠른 86 아니야?”

“어, 그런데?”

“너도 형이라고 그러냐?”

재현의 물음에 윤수는 당연하다는 듯 고개를 끄덕였다.

“응. 형이라고 하는데?”

“야, 그래도 같은 학년인데… 좀 그렇지 않냐?”

재현의 물음에 윤수는 고개를 절레절레 저으며 말했다.

“그냥 형이라고 불러. 살고 싶으면.”

“사, 살고 싶으면?”

“너 혹시 다섯 달 전에 그 사건 기억 나냐?”

“다섯 달 전?”

“운영이 형 기초반에 있을 때 앰뷸런스에 실려 갔던 사건.”

“아…….”

그러니까 서윤이 막 MH에 들어왔을 무렵, 그러니까 정식 연습실이 아닌 3층 기초반에 있을 때 있었던 일이다.

서윤보다 일주일가량 늦게 들어온 기초반 학생 중에 김운영이란 연습생이 있었다.

문제는 그가 빠른 85년생이었고, 엎친 데 덮친 격으로 막 들어온 직후여서 서윤에 대해 잘 알지 못했다는 점이겠지.

듣자 하니 조금 놀았던 전적도 있는지라 서윤에게 형이라고 부르라며 깔짝거린 모양이다.

“나도 나중에 들은 건데, 운영이 형이 빠른 85년생이라 서윤 형한테 형이라고 부르라고 했대. 그리고 어떻게 되었는지 알아?"

재현은 고개를 내저었다. 그러자 윤수가 피식 웃으며 말문을 열었다.

"딱 한 대 맞고 기절해서 앰뷸런스에 실려 갔잖아."

"……."

"들어 보니 기초반 애들이 그러더라. 사람이 맞고 날아가는 거 실제로 처음 봤다고."

"…나, 날아갔다고?"

거기까지 말한 윤수가 재현의 어깨에 손을 척 하고 올렸다.

"그러니까 그냥 형이라고 불러. 알았지?"

끄덕끄덕!

재현은 본능적으로 고개를 위아래로 세차게 끄덕였다.

같은 시각 트레이너의 안내에 따라 대표이사실로 온 서윤은 가볍게 한숨을 내쉬었다.

이윽고 비서가 문을 열어주고 서윤이 안으로 들어갔다.

'간만이네.'

생각해 보자면 부모님과 계약을 하러 왔을 때 이후 처음이었다.

"실례하겠습니다."

서윤은 그런 생각을 하며 일단 인사를 했다. 그리고 고개를 들었을 때 보인 것은 만호 이외에 앉아 있는 한 사람이었다.

'어? 저 사람?'

기억에 있는 사람이다. 다름 아닌, 어제 보컬 심사 때 만호의 옆자리에 있던 여인이었다.

"왔니? 앉거라."

그때 만호가 서윤에게 말했다.

"네."

서윤 역시 선선히 자리를 잡고 앉았다. 그때 비서가 서윤에게 차를 권했다.

"물 한 잔이면 됩니다."

서윤의 말에 비서가 이윽고 밖으로 나가더니 물을 한 잔 내와 그의 앞에 놓아주었다.

"갑자기 불러서 좀 놀랐나?"

"놀라진 않았습니다. 그것보다 무슨 일이신가요?"

서윤의 물음에 만호의 옆에 앉아 있던 여인, 박선희가 입을 열었다.

"안녕. 우리 어제 봤지?"

"네, 그렇죠."

"반가워. 박선희라고 해."

박선희의 말에 서윤이 잠시 고개를 갸웃거렸다. 그리고는 이내 손뼉을 탁 하고 쳤다.

“혹시 강변가요제 때……?”

“알고 있니?”

다소 놀랍다는 그녀의 말에 서윤이 피식 웃었다.

“닥치는 대로 듣고 부르고 있으니까요.”

“그렇구나?”

“많이 들어보고 불러봐라. 그게 왕도라고 배웠거든요.”

서윤의 말에 박선희가 고개를 끄덕였다. 확실히 맞는 말이다. 일단 많이 듣고 많이 불러보는 것이 최우선 과제니까.

박선희는 서윤을 잠시 바라보다가 차분히 말문을 열었다.

“어차피 돌려 말하는 것은 좋아하지 않으니 단도직입적으로 물을게. 혹시 어떤 분에게 배우고 있는지 알 수 있을까?”

“그건 상관없지만…….”

“그렇다면 알려주겠니?”

박선희의 물음에 서윤은 그녀를 잠시 바라보았다. ‘뭣 때문에 그러지?’ 란 생각이 들었지만 이내 대답했다.

“김현우 선생님입니다.”

“그렇구나. 과연…….”

김현우란 석 자에 박선희가 고개를 끄덕였다. 확실히 이 정도의 아이를 길러낼 수 있는 보컬 트레이너가 아닌가?

한편, 박선희와 서윤의 대화를 듣고 있던 만호 역시 수긍한 표정이다. 김현우라…….

확실히 만호 역시 그에 대해 들어서 알고 있다.

소위 말하는 이 바닥 최상위 보컬 트레이너니까.

"과연, 이런 탄탄한 기본기는 그분께 배운 것이로구나."

거기까지 말한 박선희는 잠시 서윤을 바라보다가 말문을 열었다.

"혹시 실례가 되지 않는다면 내가 한번 뵐 수 있을까?"

*　　*　　*

"받으시죠."

김현우는 스튜디오 내 급탕실에서 타온 차를 박선희에게 내주었다.

"감사합니다."

박선희는 감사 인사를 한 뒤 김현우의 옆에 앉아 있는 서윤을 한 번 바라보고는 말문을 열었다.

"갑작스런 연락에 당황하셨죠?"

물론 당황하기는 했다. 갑작스레 서윤에게 전화를 받고 난 뒤 무슨 일이 생겼나 싶었기 때문이다. 하지만 결코 겉으로 내보일 수는 없는 일.

"하하, 조금 그렇기는 하지만 괜찮습니다. 그것보다 무슨 일로 뵙자고 하셨는지?"

　김현우의 물음에 박선희가 MH의 오디션 심사 중 서윤을 봤음을 이야기해 주었다.

　"…으음, 과연. 그러니까 서윤이가 마음에 드셨다는 이야기군요?"

　김현우의 정리에 박선희가 고개를 끄덕였다.

　"이 아이의 음색은 정말 놀라울 정도예요. 한번 가르쳐 보고 싶은 욕심이 들 정도로요. 하지만 이미 현우 씨께 배우고 있으니까, 그래서 제가 결례를 무릅쓰고 허락을 구하는 거랍니다."

　솔직히 김현우의 입장에서는 과히 기분이 좋지 않을 수도 있다. 잘 키우고 있었더니 대뜸 자신이 끼어들었다고 느낄 수도 있으니까. 그 점을 알기에 박선희 역시 조심스러울 수밖에 없었다.

　그럼에도 불구하고 박선희는 김서윤이란 극상의 원석을 다듬는 데 자신의 손을 보태고 싶었다.

　그런 마음을 뒤로하고 박선희는 조용히 김현우를 응시했다.

　하지만 뜻밖에도 김현우는 별로 고심하는 기색 없이 고개를 끄덕였다.

　"뭐, 상관없겠죠. 도리어 저에게 부족한 부분을 선희 씨께서 채워주실 수도 있을 테고."

"아, 그렇다면 허락해 주시는 건가요?"

"대신 앞으로 저와 선희 씨는 자주 뵈어야 할 것 같네요."

"그렇죠."

박선희는 고개를 끄덕였다. 그것은 당연한 일이다.

아무래도 가르치는 방식에서 차이가 날 수밖에 없다. 그러자면 배우는 서윤에게 혼란을 야기시킬 수도 있기 때문이다.

그렇기에 중요한 것이 김현우와 박선희의 교류다.

"이야기는 잘되신 건가요?"

서윤의 물음에 김현우가 피식 웃었다.

"너 임마, 복 받은 거다."

"네?"

"자랑일 수도 있지만 나나 선희 씨, 둘 다 이 바닥에서는 이름난 보컬 트레이너다. 두 사람에게 동시에 가르침을 받는다는 게 쉬운 일인지 알아?"

김현우의 말에 서윤이 뭐라 투덜거리다가 한곳을 가리켰다.

"두 분 이야기 나누시는 동안 건반 좀 쳐도 돼요? 오늘 연습을 못했어요."

현희는 이런 면에 있어서는 철저하다. 꼬맹이 주제에 꼬박꼬박 서윤에게 과제를 주고 체크를 한다.

"마음대로 해라."

　현우의 말에 서윤이 자리에서 일어나 건반에 앉았다. 그리고 가방에서 교제를 꺼내 펼쳤다.

　그 모습을 힐끗 바라본 김현우는 피식 웃었다. 듣자 하니 피아노를 배운 지 한 달 좀 넘은 것 같은데 그래도 꽤나 열심인 것 같다는 생각을 하면서.

　하지만 그 미소는 서윤이 피아노를 침과 동시에 지워질 수밖에 없었다.

　"잠깐만."

　갑자기 김현우가 자리에서 벌떡 일어나 서윤에게 다가가자 영문을 알 리 없는 박선희가 어리둥절한 표정을 지었다.

　"서윤아."

　"네?"

　김현우의 물음에 서윤이 눈을 깜빡이며 되물었다.

　"너 지금 뭐 치고 있는 거야?"

　"피아노 치고 있잖아요. 제가 방금 전에 건반 쳐도 되냐고 묻기까지 했는데 무슨 소리세요?"

　서윤의 물음에 김현우가 고개를 내저으며 말했다.

　"너 지금 진도 어디까지 뺐냐?"

　"나흘 전에 체르니 100 끝내고 이제 체르니 30 들어갔는데요?"

　순간 김현우가 믿기지 않는다는 표정으로 말했다.

"너 피아노 배운 지 이제 한 달밖에 안 되지 않았냐?"

벌떡.

순간 박선희 역시 자리에서 자신도 모르게 일어났다.

한 달 만에 체르니 30까지 들어갔다고? 더욱이 그녀가 듣기에 서윤의 주법은 상당히 안정적이었고, 능숙했다.

도저히 한 달 배운 주법이라고는 믿겨지지 않을 정도로.

"네. 그런데요?"

하지만 이놈의 자식은 별 대수롭지 않게 말하고는 다시금 피아노를 치기 시작했다.

김현우와 어느새 다가온 박선희는 그 모습을 바라보고 있었다.

"…하하하. 너 보면 볼수록 사람 놀라게 하는 재주가 있구나?"

어딘지 모르게 허탈해져서 중얼거리는 김현우였다.

"……."

그리고 잠시 그 모습을 바라보던 박선희가 잠시 고심하는 듯하다가 말문을 열었다.

"서윤아."

"네?"

고개를 갸웃거리는 서윤을 향해 박선희는 진지한 표정으로 입을 열었다.

"…너 이 기회에 음악 공부도 병행해 볼 생각 없니?"

박선희의 말에 서윤은 눈을 깜박이며 그녀를 올려보았다.

"음악 공부요?"

"그래, 음악 공부. 본격적으로 해볼 생각 없니?"

"……."

서윤은 박선희를 바라보다가 김현우에게 시선을 주었다. 갑작스런 제안이었기 때문이다.

그런 모습에 김현우가 천천히 입을 열었다.

"타고난 음색에, 탄탄한 기초를 위해 우직하게 파는 네 모습도 좋아 보였지. 기초를 떼고 빠른 속도로 늘어가는 모습에서 훌륭한 가수가 될 수 있을 거라고도 생각했다. 하지만 이건 생각지도 못했어."

"…에, 그러니까……."

갑작스런 상황 변화에 서윤이 다소 당황하는 듯했다. 그때 박선희가 조심스레 입을 열었다.

"중요한 것은 네 생각이야, 서윤아. 난 비록 오늘 널 정식으로 처음 만났지만, 재능이 있어 보여서 권유하는 거야."

"권유인가요?"

서윤의 말에 김현우는 어깨를 으쓱이더니 의자 하나를 가지고 와서 앉았다.

"너는 MH 엔터테인먼트에 소속된 연습생이자, 예비 아이돌이다. 내가 몇 번이고 말했지만, 너라면 데뷔하자마자 스타가 될 거야."

막말로 김서윤이란 아이가 가진 막강한 비주얼만으로도 충분하다.

"만약 네가 그것만으로 만족한다면 그만이다. 넌 음색도 괜찮고, 듣자 하니 댄스 쪽에도 재능이 있는 것 같으니까. 하지만 그것만으로 언제까지 버틸 수 있을까?"

"……."

"국내 실정상 아이돌 그룹의 수명이란 것은 그리 길지 못하지. 자, 그렇다면 그 뒤는 어떨까? 아마 네 외모라면 어떻게든 살아남겠지. 단, 그때부터는 너 혼자 해나가야 해."

거기까지 말한 김현우는 목이 탔는지 탁자로 가서 차를 한 모금 마신 뒤 다시 돌아왔다.

"문제는 여기서부터다."

그리고는 손에 턱을 괴며 차분히 말을 이었다.

"연예인이란 결국 소모품이다. 밑천이 바닥나면 결국 남는 것은 추락뿐이야. 빼어난 외모? 그 역시 마찬가지다. 사람이란 결국 나이를 먹으니까."

서윤은 입을 다물고 그를 가만히 응시하고 있었다.

"대중들은 똑같은 모습을 계속 보여주면 금방 식상해한다. 그래서 새로운 모습을 늘 보여줘야 하지. 그런 면에서 음악 공부는 그 발판이 될 수 있어."

김현우의 거기까지 말하고는 서윤의 두 눈을 똑바로 응시하며 질문했다.

"묻자, 너는 '아이돌'이 될 테냐? 아니면 '아이돌 가수'가 될 테냐? 그것도 아니면……."

잠시 말을 멈춘 김현우가 서윤에게 얼굴을 들이밀며 묵직한 어조로 말을 끝맺었다.

"그 이상의 뭔가가 될 테냐?"

"……."

심오한 김현우의 어조에 서윤이 말문을 닫고 고심하는 눈치다. 그 모습을 바라보던 박선희가 물었다.

"좀 생뚱맞을 수도 있지만 물어볼게. 아이돌의 뜻이 뭔지 알아?"

"…우상이죠."

"오! 알고 있네?"

"저 영어 좀 해요."

서윤의 말에 박선희가 쿡쿡 웃었다.

"맞아, 아이돌이란 말 그대로 우상이지. 이상하게 우리나라에서는 아이돌이 청소년들만의 전유물인, 'Teen idol'로 굳어져 버렸지만 기본적으로 그렇단다."

하지만 그것도 잠시, 이내 차분한 표정으로 말을 이었다.

"서윤아. 이왕이면 단어가 가진 뜻 그대로, 진정한 의미의 아이돌에 도전해 보지 않을래?"

거기까지 말한 박선희가 입을 다물었다. 그리고, 서윤은 두 사람을 바라보았다.

김현우와 박선희는 흔들리지 않은 표정으로 그를 똑바로 바라보고 있었다.

그렇게 얼마나 시간이 지났을까?

문득 서윤이 입을 열었다.

"두 분께 한 가지 묻고 싶은 것이 있습니다. 냉정하고도 객관적으로 말씀해 주세요. 저에게 그만한 재능이 있습니까?"

김현우와 박선희는 웃어버렸다.

말해 뭐하겠는가?

*　　*　　*

"모두 그만!"

안무 트레이너의 말이 끝남과 동시에 윤수를 비롯해 재현, 무천, 준호, 창현이 그 자리에 주저앉았다.

"허억허억!"

"주, 죽을 것 같아……."

여기저기서 죽는다는 소리가 흘러나왔다.

오디션 통과 후 여섯 명이 함께한 지 어느덧 한 달 반이란 시간이 흘렀다.

그리고 그간 받아온 트레이닝의 강도는 예전에 비할 바가 아니었다.

완전히 사람을 잡을 수준이 아닌가.

댄스도 마찬가지였지만, 보컬 레슨 또한 그러하다.

요즘 들어 다섯 명은 회사 내의 보컬 선생들에게 집중 교육을 받고 있었다.

여기서 잠깐. 왜 다섯 명일까?

다름이 아니라 나머지 한 명, 서윤의 경우에는 김현우와 박선희에게 집중 교육을 받고 있기 때문이었다.

발성과 호흡을 동반한 보컬 레슨은 물론이고, 청음과 음감 훈련, 심지어는 화성악 공부까지.

그리고 얼마 전부터는 드디어, 본격적으로 노래를 부르는 데 있어 필요한 기법들을 배우기 시작했다.

MH에서의 트레이닝과 더불어 김현우, 박선희 두 사람에게 받는 가르침만으로도 벅찰 터이지만, 역시나 서윤의 체력은 남다른가 보다.

그 와중에도 피아노와 기타 연습도 꾸준히 병행하고 있었으니까.

"형, 괜찮아요?"

"조금 힘드네."

서윤은 입고 있던 면 티로 얼굴의 땀을 닦으며 말했다. 그때 윤수가 힐끔 고개를 돌리며 연습실 문을 바라보았다.

창밖으로 어른거리는 그림자를 발견한 탓이다.

"형."

"에구, 벌써 저녁 먹을 시간이구나?"

서윤은 그렇게 말하며 몸을 일으키더니 뚜벅뚜벅 걸어가 연습실 문을 열었다.

그와 동시에 연습실 문 앞을 점하고 있던 식충이 패밀리가 서윤의 시선에 들어왔다.

"완전히 시계네, 시계."

"우히히~ 밥 먹으러 가요."

"오냐, 오늘은 뭐가 먹고 싶어서 이리 왔는가? 식충이 2, 말해봐. 어제 밤에 집에 가서 검색한 음식점은?"

"우헤헤헤~"

아영이 멋쩍은 듯 웃었다. 그리고는 이내 서윤을 올려다보며 말했다.

"오늘은 간만에 다시 거기 가자."

"거기? 어디?"

"YJP 앞에 그 집."

서윤이 고개를 끄덕였다.

"아, 거기? 그래, 가자."

이내 선선히 고개를 끄덕이자 아영이 헤벌쭉 웃더니 말했
다.

"오빠, 근데 사람 좀 더 불러도 돼?"

"사람?"

"우리 회사 사람은 아니고, 그… 기억나? 민혜선 언니."

"민혜선? 민혜선이라……."

서윤의 머리 위로 물음표가 떠올랐다. 어디서 들어본 것 같
은데 누구지? 순간 그의 뇌리에 스치고 지나가는 얼굴이 있었
다.

"저번에 봤던 YJP꼬맹이?"

조식인가 뭔가 하는 까불거리는 꼬맹이와 같이 있던 여자
애, 분명 혜선이라고 했었다.

"응. 나 사실 그때 연락처 주고받았거든."

"…마음대로 해라."

서윤의 허락이 떨어지자 아영이 우헤헤~ 하고 웃더니 핸
드폰을 꺼냈다.

"꼬맹이 주제에 핸드폰 들고 다니네? 너 언제 생겼어?"

"아무래도 밤늦게 끝나고 하니까 엄마가 걱정된다고."

아영이 배시시 웃더니 '게다가 난 예쁘니까!' 라고 덧붙였

다. 그 모습에 서윤은 어이없다는 표정으로 고개를 절레절레 저었다.

이윽고 아영이 핸드폰을 걸더니 이내 뭐라고 다다다! 이야기 했다.

"음식점 앞에서 보기로 했어."

"그래. 가자, 가."

서윤은 그렇게 말하며 연습실을 나섰다. 그러던 중, 자신의 옷을 잡아끄는 손길을 느끼고 고개를 돌렸다.

그곳에는 자신의 옷 끝자락을 손으로 잡고 있는 현희가 있었다.

"응?"

영문을 알 리 없는 서윤이 눈을 깜빡이자, 현희는 볼을 살짝 부풀리더니 잡고 있던 옷 끝자락을 놓고 그를 향해 양팔을 뻗었다.

그 모습에 서윤이 머리를 긁적였다.

"…오빠 방금 연습 끝났는데?"

"……."

"에휴, 알았다."

결국 서윤은 현희를 안아 들었다. 그의 오른팔에 엉덩이를 걸친 현희는 다시금 유라를 내려다보며 우쭐한 표정을 지었다.

문제는 현희 혼자만의 우월감이란 것이겠지.

그렇게 MH를 나선 식충이 패거리는 YJP까지 걸어갔다. 그리고 음식점에 다다랐을 무렵, 앞에서 기다리고 있는 세 사람을 발견했다.

"세 사람?"

서윤은 고개를 갸웃거렸다.

그의 기억에도 있는 민혜선이란 아이와 까불거리던 꼬맹이, 조식까지는 그렇다 치고…….

"이 꼬마는 뭐야?"

민혜선과 조식의 중앙에 서 있는 꼬맹이 하나. 더욱이 두 사람보다 훨씬 앳되어 보인다.

"잘생긴 형! 오랜만이에요!"

까불거리는 조식의 말에 혜선이 꾸벅 인사를 한다.

"안녕하세요. 신세를 지겠습니다."

"오냐, 그것보다 얘는 뭐냐? 처음 보는 애다?"

"죄송해요. 얼마 전에 들어온 아이인데, 자꾸 징징거려서…….."

"왜 날 놓고 가. 왜에!"

혜선의 말이 끝나기가 무섭게 그 꼬맹이가 징징거리며 말한다. 그러자 혜선은 어딘지 모르게 능숙한 자세로 꼬맹이를 달래더니 서윤에게 시선을 주며 조심스레 물었다.

“혹시 실례일까요?”

“뭐, 상관없다.”

서윤의 말에 민혜선이 자신의 손을 꼭 쥐고 있는 소녀에게 시선을 주었다.

“뭐해? 인사드려야지.”

혜선의 말에 꼬맹이가 꾸벅 인사를 했다.

“안녕하세요. 저는 김선아입니다. 나이는 열한 살이고요,. 삼촌, 대빵 잘생겼어요.”

“사, 삼촌?”

서윤은 망연한 어조로 중얼거렸다.

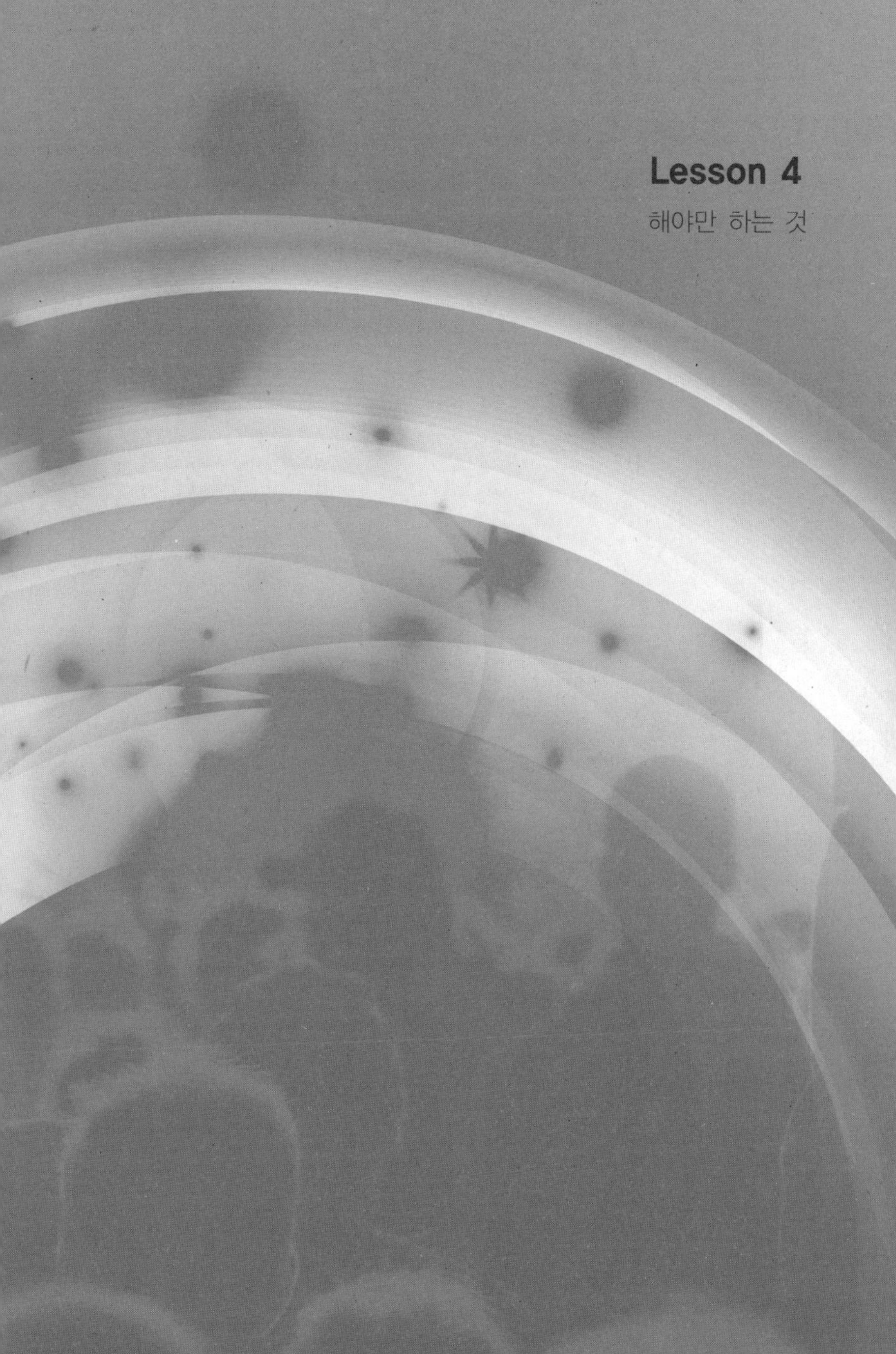

Lesson 4

해야만 하는 것

“삼촌… 삼촌……."

서윤은 어딘지 모르게 눈이 풀린 채로 중얼거리고 있었다. 그런 모습이 이상했기 때문일까?

갸웃.

징징거리는 꼬맹이, 김선아 양은 눈을 깜빡이며 서윤을 올려다보았다. 그것은 다른 아이들 역시 마찬가지.

그때 서윤이 퍼뜩 정신을 차리고는 자신에게 삼촌이란 어이없는 칭호를 한 꼬맹이를 바라보았다.

“삼촌이라… 너 삼촌의 사전적인 의미는 알고서 나한테 삼촌이라 말한 거냐?"

서윤의 말에 징징거리는 꼬맹이, 선아는 고개를 갸웃거렸다. 그 모습에 서윤은 마치 거룩한 가르침이라도 내려준다는 표정으로 말했다.

"삼촌은 아버지의 형제를 이르거나 부르는 말. 또한 결혼하지 않은 남자 형제를 이르거나 부른다. 고로 난 네 삼촌이 아니야!"

"무슨 말인지 모르겠어."

아차, 아무래도 꼬맹이한테는 어려운 설명이었나 보다.

"아악! 미치겠네!"

서윤이 답답한 마음에 땅바닥을 발로 쿵쿵 찧는다. 그 모습에 선아는 혜선의 뒤로 몸을 숨기며 물기 어린 목소리로 말했다.

"언니, 나 저 삼촌 무서워."

"얌마, 삼촌 아니라니까!"

아무래도 안 되겠다 싶었는지 혜선이 짐짓 엄한 어조로 서윤에게 꾸짖듯 말했다.

"오빠, 왜 애한테 무섭게 소리치고 그래요!"

"형, 못됐어요!"

민혜선 양의 베프, 하지만 비주얼적으로 보면 남동생 그 이상도 이하도 아닌 조식이 거든다.

그 모습에 서윤은 고개를 절레절레 저었다.

"됐다. 들어들 가자."

결국 고개를 절레절레 젓고 들어온 서윤은 애들을 앉혀놓고 음식들을 시켰다.

그렇게 얼마나 시간이 지났을까? 이윽고 음식이 나오기가 무섭게 아이들의 눈이 빛났다.

마치 사바나 초원에서 초식동물을 발견한 맹수와도 같은 기세였다.

"잘 먹겠습니다. 오라방."

"오냐~"

서윤의 말이 떨어지자 일제히 아이들이 음식을 초토화시키기 시작했다.

그때 조식이 서윤을 바라보며 말문을 열었다. 음식이 나오기 전 이런저런 이야기를 하다가 그가 이번 데뷔 예정인 멤버에 들어갔음을 들었기 때문이다.

"그럼 언제쯤 데뷔하는 거예요?"

조식은 눈이 초롱초롱해져서 서윤에게 묻는다. 연습생들에게 있어서 목표는 당연히 데뷔니 그럴 수밖에 없었다.

서윤은 쫄면을 포크로 둘둘 말며 어깨를 으쓱였다.

"유난 떨지 마라. 멤버가 확정된 것은 아니야. 연습하다 여의치 않으면 갈릴 수도 있는 거고."

“에이~”

조식은 말도 안 된다는 표정으로 입술을 삐죽였다. 아직 어린 나이기는 하지만 연습생 생활을 하다 보니 안목이란 것이 생겼다.

그가 보기에 서윤을 멤버에서 뺀다는 것은 말도 안 된다. 그렇지 않은가? 저렇게 번쩍번쩍한 형을 데뷔시키지 않는다니.

사람을 보고 빛이 난다라는 것을 조식은 처음 느꼈다. 그만큼 서윤은 잘생겼다.

“형을 데뷔시키지 않으면 그게 더 이상한 거예요. 그치?”

거기까지 말한 조식이 고개를 돌려 옆자리에 앉아 있는 김선아 양에게 동의를 구했다.

“왁왁왁!”

하지만 아무래도 이 아가씨는 먹는 데 정신이 팔린 모양이다. 입 주위에는 음식을 잔뜩 묻혀놓고, 아주 제정신이 아니다.

어딘지 모르게 닮았다.

서윤은 그 모습을 잠시 바라보다가 힐끗 고개를 돌렸다. 그의 시선에 들어온 것은…….

“왁왁왁!”

접시에 얼굴을 들이박고 있는 식충이 2, 아영이었다. 입 주위에 음식 양념을 온통 묻힌 꼴이 똑같다.

서윤은 아영과 선아를 한 번씩 바라보고는 혀를 쯧쯧 하고 찼다. 그리고는 냅킨 두 장을 빼내 아영과 선아에게 차례로 건넸다.

"좀 닦고 먹어라. 이건 뭐 뱃속에 아귀가 들었나."

"아귀가 뭐야, 삼촌?"

"삼촌이… 에휴, 됐다."

줄기차게 삼촌이라 부르는 선아의 고집에 서윤은 한숨을 내쉬며 수긍할 수밖에 없었다.

"아귀찜 맛있지."

옆에서 유라가 날린 개드립은 무시하기로 하자.

여튼, 서윤은 대충 입 주위를 닦은 선아를 바라보며 눈살을 찌푸렸다. 아무래도 안 되겠다 싶었는지 직접 꼬맹이의 입 주위를 냅킨으로 닦아주었다.

"에휴. 잘 닦아, 좀."

"고마워, 삼촌."

"그래그래~"

결국 인정하게 되어버리고 말았다.

그날 서윤은 졸지에 조카 한 명이 생기고 만 것이다.

"잘 가, 삼촌~"

"……."

"내 꿈 꿔~"

게다가 완전 마이 페이스다, 이 녀석.

조식과 혜선, 징징 꼬맹이를 YJP로 보낸 뒤 서윤은 식충이 패밀리도 보냈다.

저녁 시간에는 보컬 트레이닝을 받으러 가야 하기 때문이다.

끼익!

"왔니?"

안에 들어가자 맞이해 준 것은 김현우와 박선희였다.

"네."

"그래, 숙제 해온 것 좀 볼까?"

이 양반들은 오자마자 숙제 이야기부터 한다. 하지만 어쩌겠는가?

"…네."

서윤은 고개를 끄덕이고는 녹음실 부스 안으로 들어갔다.

현우와 선희는 유리벽 안쪽의 서윤을 바라보았다.

"자, 곡을 얼마나 잘 해석해 왔는지 한번 들어볼까?"

두 사람은 단순히 서윤에게 노래를 부르는 데 있어 스킬만 가르쳐 주고 있는 것이 아니다.

기초적인 화성악은 물론이거니와 음악에 대해 기본적인

소양을 길러주고, 이론적인 것들도 가르쳐 주고 있다.

지금 하는 일은 곡을 하나 지정해 주고 서윤으로 하여금 가사에 깃든 의미, 멜로디의 변화, 전체적인 흐름, 더 나아가서는 원곡의 가수와 작곡가, 작사가 등이 어떤 마음가짐으로 불렀는지, 그리고 만들었는지를 나름대로 해석해 보라는 것이다.

비록 아직은 많이 서툴다. 하지만 이러한 일련에 과정들이 차후에 있어 그에게 큰 밑거름이 될 터.

이러한 식으로 서윤은 조금씩 성장해 나가고 있었다.

*　　　*　　　*

"자, 모두들 그만."

댄스트레이너의 말에 안무 연습실, 서윤을 비롯해 여섯 명의 멤버가 거친 숨을 몰아쉰다.

"에구에구, 힘들다."

윤수가 비 오듯 흐르는 땀을 닦아낸다. 그것은 서윤 역시 마찬가지였다.

스윽.

그때 자신의 앞으로 내밀어진 컵이 있었다.

"응?"

의아한 소리를 흘리며 고개를 들어보니 눈을 초롱초롱 빛내고 있는 서윤의 빠돌이 심창현 군이 보였다. 컵을 들지 않은 다른 손에는 스포츠 음료가 들려 있었고 말이다.

"형님! 받으세요."

"아… 고, 고맙다."

'뭐야, 이놈. 무서워.' 란 생각을 하면서 서윤이 컵을 받아 들었다. 그러자 창현이 재빨리 스포츠 음료의 뚜껑을 따서 컵에 따라준다.

"목마르시죠? 어서 쭉 드세요."

"어, 어."

서윤이 대답하며 음료수를 마실 때도 창현의 두 눈은 반짝반짝 빛나고 있었다.

그 눈빛은 뭐랄까? 마치 '음료수 마시는 모습도 멋지십니다, 형님!' 이랄까? 하여튼 서윤에게 있어서 창현은 거북스럽고, 또한 위험한(?) 녀석이었다.

그때 재현이 말했다.

"막내야. 나도 음료수 좀."

"형이 가져다 마시세요. 손이 없어요, 발이 없어요?"

"……"

재현은 침묵했다.

그 모습을 바라보던 서윤은 자신의 옆에 앉아 있던 윤수의 귓가에 속삭이듯 말했다.

"저놈, 이상해. 진짜로."

"…제가 생각해도 그래요."

"쌍, 항상 몸가짐(?) 조심해야겠어."

서윤은 왠지 불안한 눈으로 여전히 자신을 향해 눈을 빛내고 있는 창현과의 시선을 피할 수밖에 없었다.

"그건 그렇고, 형. 형은 오늘도예요?"

"아아, 조금 있다가 드림 댄스 스쿨에 가야지."

이런 식으로 단체 연습 후, 서윤은 따로 드림 댄스 스쿨에서 기초를 다지고 있었다.

얼마 전, 오디션 때 자신을 평가했던 박진성이 제의해 왔기 때문이다. 서윤 역시 이왕이면 좋은 게 좋은 것이라 승낙했고 말이다.

얼마 전에는 박진성 이외에도, 웬 외국인도 같이 붙어서 자신에게 집중 교육을 내리고 있었다.

"고생하시네요. 저희랑 하는 연습 양도 만만치 않은데 또 따로 하고."

"그러게 말이다. 모두들 나를 들들 볶아."

서윤은 어쩔 수 있겠냐는 듯 어깨를 으쓱였다. 그때 연습실 문이 열렸다. 모두의 시선이 그쪽으로 돌아간 것은 당연했다.

"열심히들 하고 있구만."

그는 다름 아닌 MH 엔터테인먼트의 대표 이만호였다. 그
리고 그의 옆에는 신인 발굴 팀 팀장도 함께였다.

주춤.

만호는 아이들이 황급히 일어나려 하자 손짓으로 그럴 필
요 없다는 제스처를 취했다.

"그냥 앉아 있어라."

"네."

"열심히들 하니 보기 좋구만."

"네. 감사합니다."

리더인 서윤이 아이들을 대신해 대답했다. 그 모습에 이만
호가 거두절미하고 자신이 이곳에 온 이유를 밝혔다.

"여기에 온 이유는 다름이 아니라 너희 그룹명을 정했기
때문이다."

"벌써요?"

빨라도 내년 말에나 데뷔할 것이라 들었는데 벌써 정해졌
단 말인가?

"분명히 마음에 들 거야. 이건 대박 필이니까."

순간 서윤은 고개를 갸웃거렸다.

이만호의 득의만만한 말과 동시에 뒤에 서 있던 신인 발굴
팀 팀장의 얼굴에 난감한 기색이 스쳐 지나갔기 때문이다.

왠지 모르게 불길하다는 서윤의 느낌과 무관하게 이만호

는 자부심 어린 표정으로 그들에게 그룹명을 하사했다.

"그룹명은 동방불패다!"

"……!"

그리고 서윤을 비롯한 여섯 명의 얼굴이 메두사와 눈을 마주친 사람마냥 석상이 되었다.

"멋지지 않느냐? 동방불패! 핫핫핫! 내가 생각해도 잘 지은 것 같구만. 아암!"

이만호는 호탕하게 웃어젖히며 자축하기에 여념이 없다.

하지만 연습실 분위기는 충격과 공포 그 자체였다.

＊　　＊　　＊

「그만!」

그만이라는 말과 함께 서윤은 가쁜 숨을 내쉬며 자리에 주저앉았다.

그 모습을 연습실 한켠에서 바라보던 드림 댄스 스쿨의 대표 박진성이 빙긋 미소를 지었다.

"얼씨구? 별일이네? 네가 힘들어하는 건 처음 보는 것 같다."

"죽을 것 같아요."

서윤은 반쯤 맛이 간 표정으로 중얼거렸다. 그 모습에 박진성은 빙긋 웃으며 연습실 벽에 걸려 있는 시계를 바라보았다.

현재 시간은 자정을 갓 넘긴 새벽 12시 15분.

"하긴… 힘들만도 하겠지."

박진성이 바닥에 앉으며 서윤을 바라보며 말을 이었다.

"회사 연습 후에 여기 와서 또 개별적으로 댄스 레슨까지 받으니까."

듣자 하니 보컬 레슨도 외부에서 따로 받는 것 같고 말이다. 말 그대로 강행군이 아닌가?

"그건 그렇고……."

거기까지 말한 박진성은 서윤을 내려다보며 빙긋 미소를 짓고 있는 한 외국인에게 시선을 주었다.

「어떻습니까?」

「아주 좋군. 흡수가 무척이나 빨라.」

박진성의 말에 월드 클래스급의 팝퍼이자 웨이버인 팝엔타코는 고개를 끄덕인다.

보름 전, 팝엔타코는 자신의 제자 박진성에게서 항공 소포를 받았다. 그리고 그곳에는 한 장의 CD가 들어 있었다.

바로 오디션 당시 서윤의 춤을 찍은 것이었다. 그리고 같이 동봉되어 있던 한 장의 편지.

CD를 본 뒤 편지를 읽은 팝엔타코는 허탈하게 웃었다.

「하하, 말도 안 나오는군. 춤을 배운 지 6개월도 채 되지 않았다? 더욱이 그전에는 아예 춤이란 것을 춰본 적도 없다?」

게다가…….

「마이클의 춤을 완벽에 가까운 리듬감과 필로, 그것도 단지 공연 영상을 보고 따라 했다고? 고작 6개월 배운 애송이가?」

그날, 팝엔타코는 곧바로 짐을 쌌다. 그리고 현재 세계 수준의 이 댄서는 한국에 와 있다.

바로 박진성이 보냈던 CD 안의 어린 천재를 보기 위해서, 그리고 가르쳐 보고 싶다는 욕구가 솟구쳐 올랐기 때문이다.

이 정도의 천재를 가르치고 싶지 않다면 말이 안 되는 것이겠지.

「놀라워, 발전 속도가 무서울 정도야.」

팝엔타코의 말에 서윤은 씨익 미소를 지었다.

어찌되었건 간에 칭찬을 받는다는 것은 기쁜 일이다.

「물론 네 자질은 엄청나다. 하지만 꼬마, 중요한 것은 기초라는 것을 잊지 마. 자, 그만 일어나라.」

팝엔타코는 서윤을 바라보며 일어나라는 제스처를 취했다. 그 모습에 서윤은 얼굴에 흥건한 땀을 손바닥으로 닦아내고는 몸을 일으켰다.

그렇게 한 시간가량 더 춤을 춘 뒤 서윤은 연습실을 나섰다. 자정이 넘은 시간이기는 하지만 간간이 불이 켜져 있는 곳도 있다.

"리틀 드림 팀이라고 했나?"

어린 나이대로 구성되어 있는데, 며칠 후에 공연이 있다고 새벽에도 연습을 하는 모양이다.

그때 저편에 연습실 문이 열리며 한 여자아이가 나왔다.

"어라?"

그리고 공교롭게도 그 여자아이를 서윤은 알고 있다.

"효숙이?"

서윤의 말에 그 여자아이 역시 그를 잠시 바라보다가 눈을 동그랗게 뜬다.

"효숙이 맞지?"

"오, 오빠 안녕하세요."

서윤이 효숙이라 부른 아이는 바로 김효주, 아직 어리기는 하지만 MH에서 연습생 생활을 한 지 꽤 오래된 아이다.

그녀는 특이하게 남자 연습생들과 연습을 하고 있었다. 그랬기에 서윤 역시 같이 연습했었다.

문제는 같은 남자 연습실에서 연습하다 보니, 소문으로만 듣고 무서워하는 다른 여자 연습생들과는 달리, 눈앞에서 서윤의 거친 모습(?)을 아주 노골적으로 봐왔던 것이겠지.

결론을 말하자면, 효숙― 아니, 김효주 양은 서윤을 아주

아주 무서워한다.

"여어, 꼬맹이~ 간만이네? 근데 너 여기도 다녔냐?"

서윤의 말에 효숙이라 불린 어린 여자아이는 눈동자를 데굴데굴 굴리다가 조심스럽게 말문을 열었다.

"효, 효숙이가 아니라 효주예요. 김효주."

"엉? 본명이 효숙이 아니었어?"

"……."

"효주건 효숙이건, 그런 것은 대충 넘어가고. 너 지금 시간까지 웬일이냐? MH에서 하는 연습만으로는 부족해?"

"아, 그… 그게요."

효주이 말을 더듬을 무렵, 서윤의 뒤쪽에서 대답이 들려왔다.

"리틀 드림이란 팀 소속이지. 며칠 뒤에 공연이 있어서 늦게까지 연습을 한 것이겠지?"

대답을 한 이는 바로 박진성 대표였다. 그는 서윤을 지나치더니 효주에게 다가갔다.

"열심인 것은 좋은데 시간이 너무 늦었다."

"조금 있다가 엄마가 데리러 올 거예요."

효주의 말에 박진성은 어쩔 수 없다는 표정으로 어깨를 으쓱였다.

"그건 그렇고 너 혼자냐?"

“네. 민숙이는 막차 시간에 맞춰서 갔어요.”

아무래도 민숙이란 아이가 그녀와 같이 연습하는 모양이다.

서윤은 별달리 신경 쓰지 않고 효숙, 아니, 효주에게 시선을 주었다.

“너 아직도 남자 연습실에서 연습하냐?”

“네? 네.”

“그래, 열심히 하고. 나중에 보자.”

서윤은 가볍게 손을 흔들어주며 걸음을 옮겼다. 빡세게 연습했으니 집에 돌아가야만 한다.

문제는 집에 가서도 쉬지 못하고 노래 연습을 해야 한다는 점이겠지.

“에휴, 내 팔자야…….”

아까 전, 이만호에게 그룹명 동방불패라는 테러(?)를 당했기 때문일까? 서윤의 발걸음은 어딘지 모르게 힘이 없었다.

‘일단 빠꾸 났으니까…….’

당시 그러니까 동방불패라는 어처구니없는 그룹명을 하사받았을 때, 모두들 똥 씹은 표정이 되었었다.

서윤 역시 이건 아니다란 생각이 들었기도 해서 만호에게 난색을 표했다. 하지만 이놈의 아저씨는 자신의 작명 센스가 위대한 줄 아는 모양이다.

뭐가 어떻냐고 되묻기까지 했으니까.

"이게 마음에 들지 않는다니 이해가 안 되는군!"

만호의 말에 잠시 고심하던 서윤은 어쩔 수 없이 신의 한 수를 빼들 수밖에 없었다.

"동명의 영화도 있으니까요. 잘못되기라도 한다면 법적으로 문제가 생기거나, 이름 사용료를 지불해야 될지도……."

"그럼 안 되겠군. 아암! 그래서야 곤란하지."

역시나 돈 이야기를 들고 나오니 곧바로 접는 모습은 졸부의 전형이었다.

문제는……

"다른 멋진 이름을 생각해야겠군."

그 양반이 저따위 말을 내뱉고는 연습실을 나섰다는 점이겠지.

서윤은 진심으로 만호가 다음에 들고 올 그룹명이 두려워졌다.

"아. 몰라, 몰라!"

하지만 아직 닥치지도 않은 일을 가지고 고심해 봐야 뭐하겠는가? 서윤은 고개를 절레절레 내저으며 드림 댄스 스쿨을 나섰다.

언제나처럼 앞에서 대기하고 있던 차에 올라타고 집으로
돌아왔다.

"다녀왔습니다."

"어서 와라."

서윤을 맞이해 준 것은 어머니 이정민 여사와 누나 김연희
였다.

"누나는 그렇다 치고 웬일로 이 시간까지 안 주무세요?"

서윤의 말에 이정민 여사는 빙긋 웃었다. 그때 누나 김연희
가 서윤을 바라보며 말문을 열었다.

"너한테 할 이야기가 있어서. 잠깐 앉아볼래?"

*　　　*　　　*

"오빠?"

문득 회사 안을 거닐던 서윤이 목소리가 들려온 쪽으로 고
개를 슥 떨궜다. 왜냐하면 소리가 밑에서 들려왔기 때문이다.

그녀는 다름 아닌 임아영 양이었다.

"어라? 식충이 2?"

"아영이라니까!"

"나한테는 식충이 2야."

"씨잉!"

서윤의 말에 아영은 받아들일 수 없다는 표정을 짓는다.

"그건 그렇고 왜 불렀냐?"

"우리가 뭐, 이유가 있어야 부르는 사이인가?"

아영의 말에 서윤의 입가에 비릿한 미소가 머금어졌다.

"뭔가 또 배고프구나?"

"아니야!"

"헐, 아니라고?"

서윤은 믿을 수 없다는 표정을 지었다. 이 식충이 꼬맹이가 배고프지 않을 때가 있다니.

"그냥 오라방이 멍청하게 걷고 있길래 부른 것뿐이라고."

"아, 그래? 신경 쓸 필요 없다."

서윤은 고개를 끄덕이는 한편 손을 내저었다. 그리고는 아영을 바라보다가 고개를 갸웃거렸다.

그녀는 구석탱이에 쪼그리고 앉아 손가락으로 복도 바닥을 긁고 있었다.

"그것보다 넌 웬 궁상을 떨고……."

잠시 말을 멈춘 서윤이 주위를 둘러보았다. 그의 두 눈에 보인 것은 굳게 닫힌 문, 그리고 그 문짝 앞에 쓰여 있는 말은 '보컬실'이었다.

"…그런 것이구만?"

흠칫!

순간 아영의 몸이 크게 흔들렸다. 그 모습에 서윤이 히죽 거리며 웃었다.

"요컨대 또 음팡 깨지고 나왔구만?"

서윤의 빈정거리는 말투에 아영의 얼굴이 와락 일그러졌다. 앙다문 입술, 어느새 쥐어진 주먹이 부르르 떨리고 있었다.

몇 달 전까지만 하더라도 서윤과 아영은 동료였다.

물론 지금에 와서는 완전히 뒤바뀐 운명이었지만 말이다.

"꼬맹이, 노래 실력은 여전한가 보구만. 이 루저!"

서윤의 말에 아영의 이마에 십자 혈관이 솟아올라 왔다. 왠지 '루저'란 단어를 듣는 순간 가슴 깊숙한 곳에서 참을 수 없는 울화가 치솟았기 때문이다.

왠지 이 루저란 단어는 미래에 큰 파장을 일으킬 것만 같은 예감이 든다.

그런 단어가 자신을 향해 내뱉어진 것을 초딩 임아영 양은 참을 수 없었다.

"이놈의 오라방이!"

아영이 달려들었다. 하지만 그녀의 대시는 허공에서 멈출 수밖에 없었다.

서윤의 손아귀가 아영의 머리통을 쥐고 들어 올렸기 때문이다.

“놔줘!”

“그것보다 우선해서, 너 아프지는 않냐?”

생각해 보니 머리통을 쥐고 들어 올렸는데, 이 녀석 전혀 아파하지 않는다. 예전에는 미처 생각하지 못했는데, 이제 와서 보니 상당히 이상하지 않은가?

“이거 안 놔?”

“도대체 어떻게 생겨먹은 머리통이지?

“씨잉, 어서 놓으라고. 이 배신자야!”

아영이 빽 하고 외쳤다.

이 아가씨는 아직도 자신의 유일한 동료였던 서윤의 배신을 그 소박한(?) 가슴에 담아두고 있었던 것이다.

참고로, 현재의 그 소박한 가슴이, 미래에도 소박한 그 상태일 것이라는 것은 넘어가도록 하자.

“이 나쁜 놈아! 나 배신하고 노래 좀 부르게 되니까 좋냐?”

“어?”

갑자기 이 아가씨의 두 눈에 눈물이 맺힌다. 그리고 그 상황에 서윤이 당황한 것은 당연했다.

“노래 좀 늘었다고 나 무시하고!”

“지, 진정해. 울지 마라. 이 오빠는 질질 짜는 거 되게 싫어한다.”

어떻게든 달래보려 하지만 역부족이다.

"이 나쁜 놈아! 어떻게 전우애가 변하냐! 으아앙!"

아, 결국 터졌다.

그것보다 초딩 주제에 어떻게 전우애를 알고 있는 것일까?

"뭐?"

서윤은 자신을 올려다보며 결연한 표정을 하고 있는 아영을 망연히 응시했다.

도대체 이 녀석이 무슨 말을 한 거지? 서윤이 그렇게 생각할 때 아영이 다시금 입을 열었다.

"못 들었어? 나한테도 가르쳐 달라고."

아영의 외침에 서윤의 눈이 동그랗게 치켜떠졌다.

"혼자만 늘지 말고 나도 좀 가르쳐 달라고."

아영은 생각했다. 어떻게 저렇게 노래가 늘었을까? 불과 얼마 전까지만 하더라도 자신과 서윤은 동급이었다.

"내가 왜 가르쳐 줘야 하는데?"

"씨잉! 나도 노래 잘 부르고 싶단 말이야!"

"허어, 내가 가르쳐 주면 잘 부를 수 있을 것 같아?"

서윤의 말에 아영은 생각할 것도 없다는 듯 고개를 크게 끄덕였다.

"당연하지."

"왜?"

"오라방도 늘었는데 내가 늘지 않을 리 없잖아? 오빠랑 나는 동급이었으니까!"

결론은 바로 그것이다. 서윤이 해냈다면 자신 역시 할 수 있다!

그 대답을 들으며 서윤은 가볍게 한숨을 내쉬었다. 이 꼬맹이는 자신이 얼마나 열심히 했는지 알지 못하고 있다.

아마도 이 꼬마는 처음 김현우를 만났을 때의 자신처럼 생각하고 있을 것이다. '트레이닝을 받으면 실력이 쑥쑥 늘겠지?'라고.

호흡과 발성에만 몇 달을 잡아먹고, 이제야 조금씩 보컬 스킬에 대해 배우고 있구만.

아직 초등학생인 이 아이가 혹독한 기초 과정을 견뎌낼 수 있을까? 노래는 고사하고 올바른 호흡과 발성을 몸에 익힐 때까지 주구장창 반복하는 그 과정을?

"아서라, 식충이 2. 내가 배운 방법은 네가 견뎌내지 못한다."

"왜 내가 못한다고 생각해!"

아영의 외침에 서윤은 턱 주변을 매만졌다.

생각보다 꽤 의지가 강한 것도 같다. MH에 들어오고 나서 매일 노래 못한다고 혼나기만 했으니 독기 같은 것이 있겠지.

"가르쳐 줘. 나도 가르쳐 줘."

아영이 칭얼거리며 서윤에게 달라붙었다.

“임마, 회사에서 보컬트레이닝 받잖아.”

“할 거야. 무조건 할 거야. 오빠한테도 배우고, 트레이너 선생님한테도 배우면 돼!”

“야, 임마.”

“으앙! 할 거야. 가르쳐 줘! 가르쳐 달라고!”

아! 또 운다.

인형같이 예쁜 얼굴이 일그러졌음에도 상관하지 않고 바닥에 누워서 버둥거리기까지 한다.

그 모습을 바라보던 서윤은 졌다는 듯 양손을 들었다.

“내가 졌다.”

“야호!”

허락이 떨어지자 아영이 환호를 한다. 그 모습에 서윤은 시계를 들여다보았다.

연습까지는 대략 한 시간 여유 시간이 있다.

“너 다음 레슨 시작 시간 언제야?”

“밥 먹는 시간이니까 한 시간 여유 있어.”

“따라와.”

“응.”

자신이 원한 것을 이뤘기 때문일까? 방금 전의 징징거리는 모습은 어디로 갔는지 이제는 헤실헤실 웃으며 서윤의 뒤를 따랐다.

　서윤은 힐끗 고개를 돌려 아영을 바라보고는 다시 앞쪽으로 시선을 주었다. 가뜩이나 하루하루 빡빡하기 그지없는데 졸지에 꼬맹이에게 발목까지 잡혀 버렸다.

　그러던 중 한 가지 생각이 뇌리를 스쳤다.

　'가만… 생각해 보니, 안하무인의 이 꼬맹이를 합법적으로 굴릴 수 있다는 이야기도 되는구만.'

　그래, 분명 서윤은 경고를 했다. 그럼에도 불구하고 우긴 것은 식충이 2가 아닌가?

　서윤의 입가에 서늘한 미소가 머금어졌다. 그리고 뒤따르던 아영은 왠지 모를 한기를 느끼고는 몸을 부르르 떨었다.

　그리고 그날 밤.

　회사에서의 레슨을 모두 끝내고 보컬 트레이닝을 받으러 김현우의 작업실에 온 서윤은 아영의 이야기를 신 나게 떠들고 있었다.

　"몇 달 동안 이것만 반복하라고 했을 때의 그 식충이 2의 표정이 잊혀지지 않아요."

　"풋!"

　김현우는 자기도 모르게 웃음을 흘렸다.

　그리고는 자신의 앞에서 뿌듯한 표정을 짓고 있는 서윤에게 시선을 주었다.

　"그래서, 그 임아영이란 아이에게 보컬 트레이닝을 해주게

된 거냐?”

“에이, 무슨 보컬 트레이닝이에요. 그냥, 선생님한테 제일 처음 배웠던 것을 그대로 따라했을 뿐이에요.”

서윤은 손사래를 쳤다. 하지만 김현우는 고개를 내저었다.

“올바른 발성과 호흡, 매번 내가 너에게 강조하는 기초를 닦아주는 것은 보컬 트레이닝의 처음이자 끝이나 마찬가지다.”

거기까지 말한 김현우는 빙긋 미소를 지었다. 그러자 옆에 앉아 있던 박선희가 서윤에게 시선을 주었다.

“의외로 너 또한 배우는 것이 많을 거야.”

“네?”

“가르치면서 배운다고들 하지. 뭐, 그런 의미야.”

“흐음…….”

서윤이 침음성을 흘린다. 잘 이해하지 못하겠다는 표정이었다.

“서윤아. 내가 혹시 예전에 했던 말 기억나니?”

“네? 뭔데요?”

“사람마다 특성이 다르듯, 가르치는 방법도 다르다는 것.”

“네. 기억나요.”

고개를 끄덕이는 서윤에게 김현우가 차분한 어조로 말을 이었다.

“시행착오도 많이 겪을 거야. 안타까울 때도, 아니면 그 반대로 화가 날 때도 있겠지. 또한 나에게 배운 방법이 안 먹히는 경우도 있을 거야. 그럴 때마다 고심하고 연구해라. 그 아이에게도, 또한 너에게도 뼈가 되고 살이 될 거다.”

“네. 알겠습니다.”

서윤의 대답에 현우와 선희는 몸을 일으켰다. 이제는 서윤을 녹음실로 들여보낼 시간이다.

“들어가서 노래 한번 불러봐.”

“네.”

서윤은 고개를 끄덕이고는 녹음실로 들어가서 헤드폰을 꼈다. 그리고 마이크 앞에 서서 눈을 감았다.

이윽고 흘러나오는 반주에 따라 서윤의 입을 통해 노래가 시작됐다.

김현우와 박선희는 녹음실 유리벽을 통해 안쪽에 위치한 서윤을 바라보고 있었다.

‘좋군.’

두 사람의 입가에 미미한 미소가 서렸다.

확실히 많이 나아졌다. 특히나 뭔가 벽을 깬 것인지, 노래 실력이 많이 상승했다.

호흡은 더없이 안정되어 있고, 발성 역시 마찬가지다. 발음도 무척이나 정확해서 가사 전달력이 수준급이다.

자잘한 스킬들이야 아직 많이 부족하지만 기본이 되는 이 셋만큼은 수준급이다.

더욱이 보컬 톤이 워낙에 좋은 서윤이라 듣는 입장에서도 귀가 즐겁다.

노래를 부를 때의 박자감과 리듬감 역시 뛰어나다.

'난 놈은 난 놈이란 말이지.'

피아노를 배운 지 그리 오랜 시간이 되지 않은 것 같은데 제법 수준급으로 칠 줄 안다.

기타도 배운다는데, 들어보지는 않았지만 피아노를 치는 것으로 봐서 그 역시도 상당할 것이다.

김현우는 나지막이 중얼거렸다.

"운이 좋은걸?"

그래, 선생으로서 자신은 정말 운이 좋은 것이다.

"그렇네요."

박선희 역시 동의한다는 표정으로 고개를 끄덕였다.

저만한 재능을 가진 제자를 자신들의 손으로 키워낸다는 것은 분명 행운이기 때문이다.

이윽고 노래가 끝나자 김현우는 고개를 끄덕였다.

"잘했다. 나와라."

"네."

이윽고 서윤이 녹음실 부스에서 나왔다.

그 이후 김현우와 박선희는 서윤을 앉혀놓고 이야기를 나누고, 때로는 몸소 시범을 보여주면서 가르쳤다.

그렇게 대략 한 시간가량의 시간이 지나고 오늘 수업이 끝났을 때였다.

이제는 드림 댄스 스쿨로 안무 레슨을 받기 위해 가방을 챙겨 들던 서윤이 가볍게 손뼉을 탁 하고 쳤다.

"아, 깜빡했다."

"뭔데?"

박선희의 물음에 서윤이 다시금 자리에 앉으며 입을 열었다.

"상의드리고 싶은 게 있는데요."

서윤의 말에 김현우와 박선희의 눈이 동그랗게 떠졌다.

"저, 며칠 전에 연습을 끝내고 집에 들어갔다가 어머니랑 누나에게 붙잡혔었거든요. 그 일로 좀……."

"무슨 일인데? 말해봐."

김현우의 말에 서윤은 잠시 주저하는 듯하더니 이내 말문을 열었다.

"제가 내년이면 고3이거든요. 대학 진학 때문에요. 어머니랑 누나는 그래도 대학은 가야 되지 않겠냐고… 에휴."

거기까지 말한 서윤이 이내 한숨을 내쉬었다.

"가뜩이나 연습 시간도 빽빽하고… 이를 어쩌죠?"

서윤의 말에 김현우와 박선희는 고개를 갸웃거렸다. 그것도 잠시, 이내 박선희가 서윤에게 물었다.

"일단 성적이 어느 정도인데? 그 모의고사인가? 그런 거 점수 있지 않니?"

순간 서윤의 어깨가 움츠러들었다.

"그… 한 180점 정도인가? 400점 만점에……."

"……!"

순간 김현우와 박선희의 얼굴이 충격과 공포로 일그러졌다.

충격을 받은 두 사람의 모습에 서윤이 재빨리 말한다.

"그, 그래도 외국어 영역은 점수 되게 좋아요! 어려서 해외를 많이 돌아다녀서……."

하지만 이 두 양반에게 서윤의 말은 들어오지 않았다. 400점 만점에 180점이라는 충격적인 점수만이 중요했으니까.

얼굴 잘생기고, 부잣집 아들에, 싸움까지 잘하는 김서윤 군의 약점은 단 하나. 바로 공부였다.

"어쩌죠?"

서윤의 말에 박선희와 김현우는 고개를 절레절레 저었다. 자신들이야 연합고사 세대라서 현재의 상황은 잘 알지 못한다.

하지만 180점으로는 지방대도 간당간당할 것이라는 정도는 알 수 있다.

그때 서윤이 조심스럽게 입을 열었다.

"제가 그래서 고민하다가 담임 선생님한테 물어봤는데요."

"그래?"

"180점으로는 지방대도 힘들지 모른다고……."

물론 지방에 몇몇 대학은 입학금만 내면 들어갈 수 있지만, 그런 곳은 예외로 쳐야 한다.

"에휴……."

김현우가 한숨을 내쉰다. 그런 소리가 나올 줄 알았으니 말이다. 하지만 서윤이 재빠르게 말을 이었다.

"선생님이 가능성이 있는 방향을 제시해 주기는 했어요."

"그게 뭔데?"

가능성이 있다는 이야기에 김현우의 고개가 올라갔다.

"수능 때는 예체능 계열로 치는 거예요."

서윤이 손으로 얼굴을 감싸며 말했다. 자신도 좀 쪽팔린 탓이었다.

"…그리고?"

"예체능 과로 대학을 지원하라고 하던데요."

"하긴 그쪽은 실기 점수가 큰 몫을 차지하니까."

김현우의 말에 박선희가 조용히 듣고 있다가 고개를 끄덕였다. 확실히 타당한 의견이었다.

"그래, 그게 가장 현실적인 방법이기는 하지. 문제는 어느 과로 가냐는 거야."

"어느 과……?"

박선희는 어깨를 으쓱였다.

"너한테 말했다시피 우리는 네가 음악에 대해 공부를 했으면 해. 그렇다면, 아무래도 실용음악과라든지, 작곡과라든지… 그쪽을 생각해야겠지?"

거기까지 말한 박선희가 턱을 매만졌다. 그 모습에 이번에는 김현우가 말문을 열었다.

"하지만 그 계통으로 쓸 만한 대학은 얼마 되지 않아. 그 외의 곳은 솔직히 들어가나 마나 한 수준이다."

솔직히 실용음악과 역시 그렇게 추천해 주고 싶지는 않다. 폄하하는 것이 아니라, 넓게 배울 수는 있지만, 깊이는 아무래도 전통 작곡과에 비해 얕을 수밖에 없다.

"음악에 대해 제대로 배우고자 한다면, 전 서윤이가 작곡과 쪽으로 진학했으면 하는데 선희 선생님은 어떻게 생각하시죠?"

김현우의 말에 박선희는 고개를 끄덕였다.

"저도 그렇게 생각해요."

"그렇다면 범위가 또 좁아지는군요. 우리나라 대학들 중

제대로 된 작곡과는?"

"서울대, 연세대, 한양대, 경희대, 한예종."

"하지만 작곡과의 경우에는 보통 실기 준비에만 최소 2년 이상 걸려요."

"음… 하지만 서윤이라면……."

"현재 성장 속도라면 혹시라도 가능할지도 모르겠군요. 기초 화성학이나 대위법의 숙달도 무척이나 빨라요."

"어버버……."

순간 서윤이 말을 더듬었다. 왠지 자꾸 스케일이 커지는 것 같다.

서윤을 싹 무시하고 자기들끼리 의견을 나누던 김현우와 박선희가 입을 열었다.

"내일 부모님을 만나 뵐 수 있을까?"

"네? 네."

서윤은 질린 얼굴로 고개를 끄덕이는 수밖에 없었다.

*　　*　　*

이정민 여사의 눈은 초롱초롱 빛나고 있었다.

며칠 전, 서윤에게 대학에 대해 말했을 때는 솔직히 지방대라도 갔으면 했다.

하지만 현재, 그녀의 뇌리 속에 떠돌고 있는 것은 서울대, 연세대, 경희대, 한양대, 한예종이었다.

"정말 우리 서윤이가 그만큼 재능이 있나요?"

반색한 이정민 여사의 물음에 박선희는 커피를 한 모금 마시고는 고개를 끄덕였다.

"물론입니다. 서윤이의 재능은 솔직히 놀라울 정도예요. 그저 그런 대학은 안 들어가느니만 못합니다."

"아니, 엄마… 선생님들이 내 점수로는 불가능……."

안 되겠다 싶었는지 서윤이 끼어들려 했지만, 우리의 이정민 여사와 두 선생의 귀는 서윤의 목소리를 자체 필터링 하고 있었다.

"솔직히 저나 현우 선생님은 서윤이가 제대로 배웠으면 하거든요."

"저 역시 같은 생각입니다. 실기가 문제기는 하지만 아직 모르는 겁니다. 미래는 어떻게 하느냐에 따라 달라질 수 있으니까요."

박선희와 김현우의 말에 이정민 여사의 광대가 승천한다.

자기 아들을 칭찬하는데 그 어떤 부모가 기쁘지 않을까?

"아니, 그것보다 점수가 문제… 아무도 듣지 않는구만."

완전히 배제당한 서윤이 구석에 쪼그리고 앉아 손가락으로 바닥을 긁는다.

"그렇다면 필요한 것이 뭐죠?"

"첫 번째는 성적입니다. 현재 점수로는 터무니없죠."

김현우의 말에 이정민 여사가 고개를 끄덕였다. 그녀 역시 잘은 모르지만, 언급된 대학들은 분명 한국에서도 손꼽히는 명문이다.

실기도 중요하지만, 수능 역시 간과할 수 없으리라.

"그건 걱정 마."

그러던 중 들려온 한 줄기 목소리에 모두의 시선이 돌아갔다. 그곳에는 언제부터 있었는지 서윤의 누나, 김연희가 서 있었다.

"연희야, 언제 왔니?"

이정민 여사의 물음에 김연희는 빙긋 웃더니 말문을 열었다.

"한 5분 됐나? 그건 그렇고 간만에 일찍 퇴근해서 들어오다가 재미있는 소리를 들었네."

"어머, 너도 들었니? 그것보다 뭘 걱정 말라는 거니?"

이정민 여사의 물음에 김연희의 입가에 의미심장한 미소가 걸렸다.

"엄마, 돈만 있으면 안 될 것은 없어."

"무슨 소리니?"

"과목별로 전국 초일류 학원 강사들을 불러서 집중 과외를

시키면 되잖아? 어차피 서윤이, 영어는 문제없으니까 나머지 과목 강사들을 섭외하면 되겠네."

"헉!"

순간 서윤의 입에서 충격과 공포의 헛바람이 새어 나왔다.

그 모습을 바라보던 김연희가 팔짱을 낀 채 말한다.

"가능성이 있다면 가열 차게 지르는 거야 엄마. 호호호!"

"그래, 맞는 말이다. 호호호!"

엄마와 누나가 쌍으로 교성을 터트린다. 그리고, 서윤은 고개를 떨궜다.

서윤이 절망의 구렁텅이에서 구르거나 말거나, 결론이 난 것 같자 박선희가 입을 열었다.

"자, 그러면 이제 남은 것은 실기인가요?"

그러자 김현우가 말을 받는다.

"일단 만나볼 사람이 한 명 생각나는군요?

"만나볼 사람이라뇨?"

"목표는 크게 가지라고 한 이상, 최고는 역시 서울대겠죠. 그렇다면 현역 서울대 작곡과 학생에게 조언을 구해보는 게 당연하겠죠."

거기까지 말한 김현우가 휴대폰을 꺼내 들었다. 순간 박선희의 눈이 크게 치켜떠졌다.

왠지 김현우가 누구에게 전화를 걸지 알 것 같았기 때문이다.

삐리리~

잠깐의 통화 연결음 후 수화기 저편에서 들려온 목소리가 있었다.

"여보세요?"

그 순간 김현우가 비릿한 미소를 지은 채 입을 열었다.

"90년에 입학해서 12년째 졸업 못한 유주열 씨 핸드폰 맞죠?"

"이, 이……."

"뭐라고?"

"야 이 쌍 @#%&!"

김현우의 말이 끝남과 동시에 수화기 저편에서 분노에 찬 욕설이 터져 나왔다.

*　　*　　*

"여기가 네가 연습하는 곳이구나?"

서윤의 누나, 김연희는 스튜디오로 들어서며 말했다. 그녀는 신기하다는 듯 주위를 둘러본다.

"엄마도 왔으면 좋았을걸."

"그 정신에?"

서윤의 말에 김연희는 피식 웃으며 어깨를 으쓱였다.

이정민 여사는 입이 헤벌쭉 벌어져서 남편과 첫째 아들에게 전화를 걸더니 '우리 막내 명문대학 갈 수 있대!' 라고 소리친 후 집을 나섰다.

"근데 어디 간 거야? 엄마는?"

"오빠 만나러 갔어. 앞으로 어떻게 해야 할지 계획을 잡아야겠다고."

"엄마도… 웬 유난이야."

서윤은 그렇게 말하면서도 한편으로는 가슴 한편이 무거워졌다. 누나와 엄마만으로도 무서운데, 형까지 긴다면…….

부르르!

왠지 몸이 거세게 떨린다.

그때 김연희에게 전화가 왔다. 이윽고 그녀는 잠시 떨어져서 전화 통화를 했다. 그리고 얼마나 지났을까?

통화가 끝났는지, 핸드폰을 핸드백에 넣으며 서윤을 바라보았다.

"뭐, 뭐야?"

어딘지 모르게 누나의 입가에 걸린 미소가 마음에 걸려 물었다. 김연희는 어깨를 으쓱이더니 말했다.

"어이구, 우리 막내 앞으로 어떻게 해?"

“뭐가 어떻게 한다는 이야긴데?”

“엄마 벌써 너희 담임선생님하고 면담 끝내고 오빠랑 만났대.”

“빨라!”

이건 너무하다! 서윤의 외침에 김연희는 뭐 그런 것 가지고 그러느냔 표정으로 말을 이었다.

“그리고 오빠가 전해달란 말이 있어.”

“형이? 뭔데?”

서윤의 물음에 김연희의 얼굴에 비소가 깃들었다.

“응, 최고의 강사진으로 섭외할 테니까, 넌 앞으로 시키는 대로 하래.”

“아아아……!”

그 말이 끝남과 동시에 서윤은 그 자리에 허물어지듯 주저앉았다.

디 엔드다.

모든 것이 끝난 것이다.

형이 움직인 이상 서윤이 할 수 있는 것은 무엇 하나 없었다.

절망에 구렁텅이에 빠진 서윤을 뒤로하고 김연희가 김현우와 박선희를 바라보았다.

“유주열 씨는 언제쯤 오세요?”

“올 때가 됐군요.”

김현우가 시계를 바라보고는 말했다. 그 모습에 김연희는 고개를 끄덕이다가 다시금 물었다.

“그건 그렇고, 저희 동생 어때요? 이제 노래 쪽은 쓸 만해요?”

“보컬 톤이 아주 훌륭합니다.”

김현우의 말을 박선희가 받았다.

“스킬 면으로는 부족한 것도 사실이지만, 곡 해석력도 좋고, 발성이나 호흡의 경우에는 완성 단계에 접어들고 있죠.”

“그러고 보니 우리 막내 노래하는 거 한 번도 못 들어봤는데.”

김연희는 바닥에 쪼그리고 앉아 머리를 쥐어뜯고 있는 서윤을 바라보았다.

사실 몇 번이고 불러보라고 시켰는데, 그때마다 싫다고 난리를 치는 통에 한 번도 들어보지 못한 것이다.

“되게 열심히 하는 것 같기는 하거든요.”

엄마에게 부탁을 했는지, 어느새 지하실에 피아노나 기타 같은 악기들도 사들여 놓고 말이다.

매일 연습하느라 자정이 넘어 들어오는 생활. 분명 힘이 들 만도 한데, 집에 오자마자 곧바로 지하실에 틀어박히는 것을 보면 열심히 하는 것은 분명했다.

"한번 불러보라고 할까요?"

서운함이 묻어나오는 김연희의 말에 현우가 물었다. 그리고는 서윤에게 시선을 주었다.

"서윤아. 그만 좌절하고. 일어나서 노래 한번 불러봐라."

"네? 여기서요?"

김현우의 말에 서윤이 난처한 표정을 지었다.

왠지 모르게 가족 앞에서는 좀 부끄러웠기 때문이다. 그 모습에 김현우는 짐짓 엄한 표정을 지었다.

"어서 들어가."

김현우의 말에 서윤이 어깨가 축 늘어져서 부스 안으로 들어갔다. 이윽고 자리를 잡은 서윤을 부스 밖에서 바라보는 김연희의 눈에 기대감이 서린 것은 당연했다.

"뭐 불러볼래? 요즘 연습하는 거 있어?"

김현우의 물음에 서윤은 잠시 고심하다가 조심스레 입을 열었다.

"음… 선생님 곡이요."

"나?"

김현우가 눈을 동그랗게 뜨며 손가락으로 자신을 가리켰다. 서윤은 조심스레 고개를 끄덕였다.

"뭔데?"

" 'Last Song' 이요."

몇 년 전 김현우가 오늘 올 유주열의 앨범에 객원 싱어 자격으로 불렀던 것이다.

"호오, 그래?"

제자가 자신의 노래를 부른다는 것에 흥미가 돋은 것일까? 김현우가 미소를 짓다가 이내 낭패 어린 표정을 지었다.

"…엠알(MR)이 없다."

"그래요?"

김현우의 말에 서윤은 되묻다가 이내 부스 한켠에 자리하고 있는 키보드를 발견하고는 조심스레 입을 열었다.

"그러면 이거 좀 써도 돼요?"

"칠 줄 알아?"

"네, 연습했으니까요."

서윤은 잠시 자리에 앉아서 키보드를 만졌다. 그렇게 약간의 세팅을 한 후 심호흡을 골랐다.

자신을 가르쳐 주는 선생님이 부른 곡이다. 그것도 스승들과 누나의 앞에서 부르려니 그런 것이리라.

건반 위에 손을 가져다 대고, 감겨 있던 눈이 떠졌다.

슬픈 피아노의 연주와 함께, 서윤의 입에서 노래가 흘러나왔다.

김현우의 미성과는 다른, 듣기 좋은 허스키 보이스가 피아노의 선율과 함께 부스 밖, 스피커를 통해 김현우와 박선희,

김현우의 귓가를 간질였다.

4분 30여 초의 짧은 시간.

하지만 노래가 끝났을 때, 김현우의 입가에는 미소가 머금어져 있었다. 그것은 박선희 역시 마찬가지였다.

"너, 진짜 연습 많이 했구나?"

김현우의 감상평에 박선희가 고개를 끄덕였다.

그와는 확연히 다른 보컬 컬러, 하지만 노래에서 느껴지는 진정성은 진짜였다.

박선희는 빙긋 웃으며 가볍게 박수를 쳐주었다.

"좋았어. 정말 잘 불렀다."

거기까지 말한 박선희가 서윤의 누나인 김연희를 바라보았다.

김연희는 눈가에는 살짝이지만 물기가 머금어져 있었다.

악기는 키보드 달랑 하나.

하지만 동생의 허스키하면서도 듣기 좋은 보컬, 마지막으로 아름다운 가사는 그녀의 마음을 움직이기에 충분했다.

그녀는 김현우의 지시에 따라 부스 안과 대화를 할 수 있도록 버튼을 누르고 말했다.

"바보, 이렇게 잘 부르면서 왜 그렇게 쑥스러워했어."

"그, 그런가?"

김연희의 말에 서윤은 쑥스럽다는 표정으로 머리를 긁적

이며 키보드에서 몸을 일으켰다. 하지만…….

"어라?"

문득 부스 안에 서윤이 눈을 동그랗게 뜨며 의문성을 흘렸다. 언제 왔는지, 김현우 뒤에 서 있는 사람 한 명을 발견한 탓이었다.

서윤의 시선이 자신들을 향한 것이 아님을 발견한 탓일까? 부스 밖 사람들의 몸이 돌아갔다.

"어라? 언제 왔냐?"

김현우의 말에, 그의 옆에 어느새 조용히 서 있던 사람. 유주열이 미소를 지으며 말문을 열었다.

"음, 방금 전에. 너무 집중들 하고 있길래."

유주열의 말에 박선희와 김연희가 인사를 건넸다. 그것은 때마침 부스를 나온 서윤도 마찬가지였다.

그때 유주열이 서윤을 바라보며 입을 열었다.

"이야, 정말 잘 들었다."

"서윤아, 유주열이다."

"아, 좋게 봐주셔서 감사합니다."

"그래, 현우와는 다른 색깔이지만, 무척 매력 있네."

거기까지 말한 유주열이 김현우에게 시선을 주었다.

"네가 말한 제자가 이 아이?"

"응."

유주열의 물음에 김현우가 고개를 끄덕였다.

"그건 그렇고 왜 불렀는데?"

"아, 여기 앉아라."

김현우의 안내에 유주열이 자리를 잡고 앉았다. 그리고 김현우와 박선주가 그를 왜 불렀는지에 대해 설명을 하기 시작했다.

그렇게 얼마간의 시간이 지났을까?

"조금 힘들겠네."

현재의 상황을 모두 들어본 유주열은 차분히 말한다.

"그렇죠?"

그 말에 서윤은 오히려 잘됐다는 표정으로 외친다. 그래, 저 반응이 당연한 것이다.

서울대가 무슨 뉘 집 개 이름도 아니고!

"역시 대학은 안……."

꼬집!

"아야!"

서윤은 채 말을 끝맺지 못한 채 김연희에게 꼬집힘을 당하고 그대로 침몰했다.

그러거나 말거나 유주열은 김현우를 바라보며 말했다.

"입시 준비 하는 데 보통 몇 년 걸리는 줄 알아? 게다가 이 아이 MH 연습생이라며, 그것도 데뷔 확정 멤버."

거기까지 말한 유주열이 박선희와 김현우를 바라보았다.

"확실히 서윤이는 무척이나 재능이 있더라. 동양인답지 않은 보컬 톤, 그리고 외모는 말할 것도 없지."

하지만—

"서울대 작곡과는 노래 잘 부른다고 들어갈 수 있는 곳이 아니야. 아까 키보드 치는 것도 들어봤는데, 잘하기는 하지만 그뿐이야."

음악 전반에 관한 지식과 소양은 물론, 화성학, 청음, 그리고 작곡 능력까지 두루 가지고 있어야 한다.

그래, 그게 당연한 결론이다. 하지만 어째서 신경이 쓰일까?

자신의 친구인 김현우는, 그리고 작곡가이자 가수인 박선희는 어째서, 이 아이를 그토록 제대로 가르치고 싶어 하는 것일까?

유주열은 그 점이 궁금했다.

그때, 김현우가 문득 벽에 걸린 시계를 바라보더니 서윤을 바라보았다.

"그러고 보니 너 MH에 가야 하지 않냐?"

"네? 네. 그렇기는 한데."

서윤의 말에 김현우는 가볍게 손짓을 한다.

"그럼 가봐."

“제 진학 문제인데……”

“누나가 듣고 있으니까 상관없어.”

김연희가 ‘이제 넌 필요 없어.’란 어조로 말한다. 그 모습에 서윤은 투덜거리며 꾸벅 인사를 하더니 옷을 챙겨 입고 스튜디오를 나갔다.

달칵, 탁!

문이 닫히자 김현우와 진지한 표정을 지으며 유주열에게 시선을 주었다.

“물론, 네 말은 이해해. 우리라고 늦은 것을 모를까? 하지만 그럼에도 불구하고 서윤이를 제대로 가르치고 싶은 거야. 그리고 입시까지 1년 조금 넘게 남았다고? 그 정도면 가능할 수도 있어.”

“…하아. 선희 씨도 그렇게 생각합니까?”

한숨 섞인 유주열의 말에 박선희 역시 고개를 끄덕였다.

“어째서 그렇게 단언할 수 있죠?”

그리고 그 궁금함에 김현우와 박선희는 단호하게 답했다.

“서윤이는 할 수 있으니까.”

“힘들겠지만, 저 역시 현우 씨와 같은 생각입니다.”

“하아.”

유주열은 골치가 아프다는 표정으로 미간을 손가락으로 누르며 한숨을 내쉬었다.

그 모습에 박선희가 입을 열었다.

"현우 씨, 지금 서윤이가 피아노 얼마나 치죠?"

"열흘 전에 체르니 40에 들어갔다고 들었습니다."

갑자기 왠 체르니? 유주열이 고개를 갸웃거렸다. 그때 박선희가 유주열에게 몸을 들이밀며 입을 열었다.

"세 달입니다."

"네?"

"태어나서 피아노를 처음 쳐보는 아이가 체르니 40에 들어간 시간이에요."

순간 유주열의 눈이 크게 치켜떠졌다.

아까 노래를 부를 때 키보드 치는 것을 들어봤다. 그리 어렵지 않은 곡이지만 문제는 주법이었다.

서윤은 무척이나 숙달된 주법으로 키보드를 치고 있었다. 그래, 흡사 어려서부터 피아노를 쳐온 사람의 그것마냥.

"화성학과 대위법을 배워 나가는 속도 역시 마찬가지예요."

"청음 역시 마찬가지."

거기까지 말한 박선희와 김현우는 유주열을 바라보았다. 그때 김현우가 더없이 진지한 표정으로 단언하듯 말했다.

"주열아, 서윤이는 천재야."

유주열은 아무런 말도 할 수 없었다.

그리고 김현우와 박선희가 천재라 단언한 그는.

"이 식충이 2! 발성할 때 또 목에 힘 들어갔어!"

"히, 히잉!!"

졸지에 대학에 가게 된—더욱이 자신의 발언권은 하나도 없었던—기구한 처지를 원망하는 마음을 담아 첫 제자를 갈구고 있었다.

Lesson 5

김서윤이란 인간에 대한 고찰

그 후로 서윤의 일상은 한층 더 바빠졌다.

집안의 골칫덩이였던 막내 명문대 보내기 대작전에 들어간 이정민 여사를 필두로 형, 그리고 누나의 진두지휘 아래 국내 최고의 강사들이 집결했다.

한마디로 돈지랄이 시작된 것이다.

그리고 그 후?

"형, 다크 서클이 점점 짙어져 가요."

윤수의 말에 서윤이 연습실 유리벽에 비춰진 자신의 얼굴을 들여다보고는 울상을 지었다.

"하아……."

서윤의 입가에 깊은 한숨이 흘러나왔다.

"요즘 도대체 뭘 하고 계신 거예요?"

"공부한다."

"네?"

윤수의 눈이 크게 치켜떠졌다. 그 모습에 서윤은 고개를 절레절레 저었다.

"대학 가란다, 엄마가."

"대학이요?"

윤수의 말에 서윤이 어깨를 축 늘어트렸다. 하지만 그것도 잠시, 이내 그를 바라보며 입을 열었다.

"그러고 보니 너 요즘 집에 잘 안 들어와서 모르겠구나?"

"아, 예."

사실 윤수는 아직까지 서윤의 집에 신세를 지고 있었다. 문제는 데뷔 확정 멤버가 된 후 거의 연습실에서 먹고 자는 생활을 한다는 점이겠지.

"아주 미쳐 버리겠다. 노래에, 춤, 실기 준비, 그리고 공부까지……."

서윤의 힘없는 말에 윤수는 걱정스럽다는 표정을 지었다.

"그것보다 괜찮으시겠어요?"

“뭐가?”

“데뷔 준비 하나만으로도 빡센데 입시 준비까지 병행 가능하시겠냐고요.”

“모르겠다, 정말.”

고개를 내저으며 읊조리는 서윤의 표정을 바라보던 윤수의 얼굴에 일순간 수심이 깃들었다. 그리고 뭔가 말하려던 찰나…….

“역시 형님이십니다!”

갑자기 난입한 서윤의 빠돌이(?) 창현으로 인해 무산될 수밖에 없었다.

“어, 어?”

당황한 서윤의 모습이 보인다. 그리고 그런 그를 향해 눈을 초롱초롱 빛내며 다가서는 창현의 두 눈에는 존경심을 넘어 경외감까지 서려 있었다.

“연습과 학업, 무엇 하나 놓치지 않으려 노력하시는 형님! 정말 존경스러워요!”

“야야, 달라붙지 마! 히이익!”

자신의 신변에 위협을 느꼈는지 서윤이 뒤돌아 도망쳤다. 그리고 그 뒤를 심창현 군이 연신 ‘존경합니다, 형님!’ 이라고 외치며 뒤따르고 있었다.

그 모습을 잠시 바라보던 윤수가 가볍게 한숨을 내쉬다가 읊조리듯 말했다.

"형, 우리 같이 데뷔하는 거죠?"

하지만 대답은 들려오지 않았다.

서윤과 창현의 추격전은 트레이너가 연습실로 들어오는 것으로 일단락되었다.

"제 정조를 지켜주서서(?) 감사합니다."

서윤은 트레이너에게 몹시도 감사한 마음을 전했다. 그리고 심창현 군은 왜인지는 모르겠지만 불퉁한 표정으로 트레이너의 등 뒤에 숨은 서윤을 바라보고만 있었다.

"뭐가 뭔지는 모르겠지만 넘어가고, 모두들 잠시 따라와라."

"어디 가는데요?"

"너희 화음 한번 맞춰보려고."

트레이너의 말에 서윤은 고개를 끄덕이며 아이들을 바라보고 눈짓했다.

이윽고 여섯 명은 연습실을 나서 회사 내에 위치한 스튜디오로 들어섰다.

"모두들 어서 와라."

작곡가이자 프로듀서인 유영웅이 그들을 맞이했다. 그 모습에 서윤은 먼저 입을 열었다.

"둘셋……"

“안녕하세요.”

리더인 서윤의 구령이 끝나자 여섯 명이 꾸벅 인사를 했다.

“여어, 벌써부터 인사할 때 타이밍이 잘 맞는데?”

유영웅이 가볍게 미소를 머금은 채 말했다. 그 모습에 재현과 무천, 준호는 어색한 미소를 지었다.

처음 서윤을 만났을 때부터, 한껏 쫄아버린 세 명이었다.

게다가 요즘 들어서는 이 카리스마 넘치는 리더의 수족이 되어가는 느낌이다.

뭐, 그러거나 말거나 유영호는 여섯 명을 부스로 밀어 넣은 뒤 마이크를 통해 말했다.

“오늘은 각자 노래를 들어보고, 그 뒤에 화음을 맞춰볼거야.”

유영호는 빙긋 웃었다.

*　　　*　　　*

“그래, 평가는 어때?”

이만호는 자신의 맞은편에 앉아 있는 유영호를 바라보며 물었다.

오늘, 프로듀서로서 데뷔가 확정된 여섯 명의 노래 실력이나 화음을 들어보고 평가하라 지시한 것은 그였으니 말이다.

"흐음……."

유영호는 가볍게 침음성을 흘렸다. 그리고 그런 기색에 섞인 왠지 모를 심상치 않음을 느낀 것일까?

이만호의 표정 역시 살짝 굳어졌다.

"뭔가 문제가 있는 건가? 많이 안 좋아?"

만호의 물음에 유영호는 골치가 아프다는 표정으로 양미간을 살짝 짚었다.

그리고 잠시간의 침묵.

얼마나 지났을까? 유영호가 만호를 바라보며 입을 열었다.

"각자 괜찮아요."

"그래?"

"다소 보컬이 떨어지는 윤수가 있지만, 조금만 더 가다듬으면 자기 파트는 확실히 소화 가능하고요. 뭐, 애초에 그 아이는 랩과 댄스 담당이니까요."

"그렇지."

"준호나 재현이도 괜찮고, 무천도 뭐 그럭저럭. 창현이의 경우에는 아직 연습을 시작한 지 얼마 되지 않아 거친 맛이 있지만 이 경우에도 그럭저럭. 문제는 리더죠."

"리더? 서윤이 말인가?"

만호의 눈에 이채가 떠올랐다. 그리고 그 모습을 바라보던 유영호가 무겁게 닫혀 있던 입을 열었다.

"개인 보컬을 볼 때부터 뭔가 좀 그랬어요. 하지만 화음을 시켜보니 확실히 나오더군요."

"뭐가 말인가?"

"다른 아이들이 묻혀요."

거기까지 말한 유영호가 이만호를 지긋이 바라보며 다시금 힘주어 말했다.

"서윤이 목소리에 나머지 아이들의 소리가 묻힌다고요."

"묻혀?"

이만호는 눈을 동그랗게 뜬 채 유영호를 바라보았다.

유영호는 소파 등받이에 깊숙이 몸을 묻었다.

"네. 묻힙니다. 약간이지만요."

"난 또 뭐라고."

유영호의 말에 만호는 안도한 기색을 보이며 다시금 입가에 미소를 머금었다.

약간 묻힌다면 어떻게든 조치가 가능하다. 나머지 멤버들의 실력을 끌어 올리면 되는 것이 아닌가? 아직 데뷔까지는 시간이 남아 있고, MH 엔터테인먼트의 트레이닝 노하우라면 가능한 일이니까.

하지만 유영호는 이만호의 생각에 찬물을 끼얹었다.

"문제는 현재가 그렇다는 점이겠지요."

"그게 무슨 소리지?"

"한 달. 적게 잡아도 한 달 후면 도저히 어떻게 해볼 수 없을 정도로 그 괴리감은 커질 겁니다."

거기까지 말한 유영호는 자신의 앞에 놓인 식어버린 녹차를 한 모금 마신 후 말을 이었다.

"한 달 반 전 오디션 영상을 봤습니다. 당시만 하더라도, 지금 정도는 아니었어요."

그랬다. 유영호가 한 달 반 전의 선발 오디션 영상을 봤을 때만 하더라도 서윤은 보컬 톤이 무척이나 좋을 뿐, 스킬로는 부족한 아이였다.

곡 해석력이 좋고 뭐고를 떠나 객관적으로는 그랬다는 것이다. 하지만……

"성장 속도가 상상을 초월합니다."

"……."

"게다가 저 아이의 보컬 선생님이 박선희 씨와 김현우 씨라고 하셨죠?"

유영호의 물음에 이만호는 고개를 끄덕였다. 그리고 이내 깨달았다. 이만호 역시 한 시대를 풍미했던 가수. 유영호가 무슨 말을 하고자 하는지 알 수 있었다.

"앞으로 더욱 가속화될 것이다?"

"네."

유영호의 대답에 이만호는 눈가를 찡그리며 손으로 이마

를 짚었다.

그렇게 얼마나 시간이 지났을까?

고심하던 이만호가 전화기를 들었다. 그리고 대략 한 시간 정도의 시간이 흘렀다.

이윽고 대표실 밖에서 비서의 말이 들리자 이만호는 서둘러 들여보내라고 지시했다.

문이 열리며 모습을 드러낸 것은 박선희였다.

"어서 오시게."

"갑자기 보자고 하셔서 좀 놀랐어요."

박선희는 소파에 앉으며 말했다. 그 모습을 바라보던 이만호는 쓴 미소를 지었다.

"미안하구만. 차는?"

"괜찮습니다. 그것보다 옆의 분은?

"MH 엔터테인먼트의 작곡가 겸 프로듀서로 있는 유영호입니다."

"만나 뵙게 돼서 반갑습니다."

박선희와 유영호는 가볍게 인사를 주고받았다.

"대표이사님께서 어째서 부르셨는지 여쭤도 될까요?"

인사가 끝나자 박선희는 곧바로 이만호에게 물었다. 그의 얼굴에 서린 심상찮은 기색을 읽은 탓이었다.

"그건 제가 말씀드려도 될까요?"

말문을 연 것은 유영호이었다. 박선희가 고개를 끄덕이자 유영호가 방금 전 이만호와 나눴던 대화를 말해주었다.

이윽고 유영호의 말이 끝나자 박선희는 어딘지 모르게 나른한 미소를 띠며 말했다.

"흐음… 그렇군요. 다른 아이들의 소리가 묻힌다라."

그녀의 어조에서 느껴진 것은 뭐랄까, 그럴 줄 알았다는 뉘앙스였다.

"문제는 앞으로 격차가 벌어질 것이라는 점이지."

침묵하고 있던 이만호의 말에 박선희는 당연하다는 표정이다.

"예, 아무래도 그렇겠지요. 서윤이는 특별하니까요."

그리고는 눈가를 살짝 빛내며 말을 이었다.

"그리고 이번 문제는 제가 어떻게 해드릴 수 없는 것 같네요."

"…그런가?"

"대표이사님도 가수였던 분, 아시지 않나요?"

"그렇지."

정곡을 찌르는 박선희의 말에 만호는 무겁게 고개를 끄덕이며 인정할 수밖에 없었다.

그녀가 오기 전, 이미 오늘 있었던 스튜디오의 음원을 들어봤다.

"현우 선생님에게 기초부터 탄탄히 다져온 그 아이는 이제 그걸 발판 삼아 성장하고 있어요. 대표이사님. 더욱이 서윤이는 아직 어려요. 다시 말하자면 성장하기도 바쁘다는 소리죠."

"끄응……."

박선희의 가차 없는 말에 이만호의 입에서 시름 어린 침음성이 흘러나왔다. 하지만 그에 그치지 않고 박선희가 쐐기를 박았다.

"아직은 완성되지 않았기에 서윤이가 다른 사람에게 맞추는 것은 무리예요."

거기까지 말한 박선희는 가볍게 숨을 골랐다. 이만호는 그녀를 바라보며 진지한 어조로 물었다.

"그렇다면……?"

"아마도 무리겠죠."

"……."

"저 역시 오디션의 심사 위원이었어요. 다른 멤버들의 소질 또한 뛰어남을 알고 있습니다. 솔직히 MH에는 재능 있는 아이들이 많으니까요."

국내 최고의 기획사답게, 이곳에 몸을 담길 원하는 수많은 이들 중 추리고 추린 연습생들이다. 그리고 그 연습생들 중에서도 눈에 떠어 이번 멤버들이 확정되었다.

그런 아이들조차 김서윤에게 묻힌다고 박선희는 말하고 있는 것이다.

"발성, 호흡, 박자감, 리듬감, 곡 해석력, 표현력, 보컬 톤, 타고난 외모를 비롯해서 매력까지… 무엇 하나 빼어나지 않은 것이 없습니다. 대표이사님, 저번에 제가 말씀드린 적 있죠? 결례를 무릅쓰고 다시 한 번 여쭙겠습니다. 서윤이란 극상의 원석… 과연 이곳에서 갈고 닦을 수 있나요?"

"…크흠."

이만호의 입가가 불쾌감으로 실룩였다.

하지만 반박할 수가 없다.

"지금의 성장 속도라면 저희조차 얼마 지나지 않아 버거워질 수도 있어요."

"그 정도인가?"

이만호의 물음에 박선희는 고개를 끄덕이며 말을 잇는다.

"태어나서 처음 쳐본 피아노를 불과 석 달 만에 체르니 40에 들어간 아이예요. 그리고 열흘 만에 그마저도 삼분지 일이나 진도를 뺐죠. 화성학, 대위법 역시 마찬가지. 성장 속도는 무서울 정도예요. 대표이사님. 제가 단언하죠. 서윤이는 천재입니다."

"그럼 어떻게 해야 한다는 말이지?"

이만호가 답답하다는 어조로 반문했다. 그 모습에 박선희는 냉정한 표정을 지었다.

"대표이사님께서 선택을 하셔야죠."

박선희의 말에 이만호는 고심했다. 그리고 얼마나 시간이 지났을까? 그가 고개를 들어 박선희를 똑바로 응시했다.

잠시 후, 박선희는 대표이사실을 나서며 가볍게 한숨을 내쉬었다.

"일단은 조금만 더 지켜본다. 결정은 그 후야."

그녀는 한숨을 내쉬며 고개를 절레절레 저었다. 결국 이만호는 결정을 내리지 못했다.

"…결국 그런 결론인 건가?"

그것은 이만호의 미련일까? 아니면 아집일까?

아직은 알 수 없다.

그녀는 어딘지 모르게 힘없는 걸음걸이로 MH 엔터테인먼트를 나설 수밖에 없었다.

박선희가 MH에 다녀간 뒤 며칠이 흘렀다.

윗선의 이야기가 어땠는지 알 리가, 또한 흥미도 없는 서윤은 오늘도 열심히 연습실에서 몸을 풀고 있는 중이었다.

"에구구, 정말 힘드네."

공부에, 실기 준비에, 연습까지… 조금씩 지친다고 생각하며 연습에 들어가기 전 스트레칭을 하던 서윤은 다급히 연습실 문을 박차고 들어온 이민기의 모습을 발견하고는 고개를 갸웃거렸다.

"뭐냐?"

서윤의 물음에 한때 같은 연습실에서 생활을 했던 민기가 거친 숨을 몰아쉬며 그에게 다가왔다.

"헉헉! 형! 형! 도, 도와주세요!"

"숨 그만 헐떡이고 말이나 하지?"

"형, 급해요. 어서! 어서!"

어지간히 급했는지, 민기는 평소라면 감히(?) 엄두조차 내지 못할 대담한 행동을 했다.

대뜸 MH 최강의 원 펀치! 서윤의 손을 붙잡고 뛰기 시작한 것이다.

상당히 급박한 그 얼굴에 서윤은 일단 같이 발걸음 속도를 맞추면서도 무슨 상황인지를 물었다.

"도대체 무슨 일인데? 말을 해야지?"

서윤의 말에 민기가 외치듯 대답했다.

"싸움 났어요, 형. 어떻게 해요? 정호 형이랑 종윤이 형, 동민이랑 재혁이가 깡패한테 끌려갔어요!"

"뭐?"

민기의 다급한 말에 서윤이 눈을 동그랗게 떴다.

상황이 심상치 않다. 더욱이 깡패한테 끌려갔다고?

서윤의 발걸음이 빨라졌다.

비록 어리고 예쁜 애들에게—특히 식충이 2나 외국물 꼬맹이 동생—결혼하자고 들이대는 변태(?)일지라도, 박정호는 같이 연습했던 형이 아닌가? 그것은 나머지 사람들도 마찬가지다.

"앞장서라. 어디로 끌려갔는지는 알지?"

"네, 네!"

"그건 그렇고 누군데?"

"예전에 기억나세요? 월드컵 때 동민이가 얻어터져서 왔었던."

"아!"

민기의 말에 서윤이 탄성을 흘렸다. 확실히 당시 그런 적이 있었다.

월드컵 당시 동민이가 한번 오지게 맞고 연습실에 왔던 적이 있다.

이동민의 말로는 당시 정호와 같이 월드컵 경기를 봤는데, 우리나라가 이겨서 너무 기쁜 나머지 발광을 하다가 웬 건장한 형님들과 시비가 붙었다고 한다.

그리고 어떻게 되었냐고?

아주 오지게 두들겨 맞았단다.

문제는 당시 얼굴에 상처투성이인 동민과는 달리, 같이 있었다던 박정호 군은 아주 깔끔했다는 점이다.

이상한 마음에 캐물어 봤더니 이게 웬걸?

동생이 비오는 날 먼지 나도록 얻어터지는 동안, 형이란 작자는 그들 중 가장 약해 보이는 녀석—동민의 말로는 비리비리한 게 멸치 같았단다—의 멱살만 잡고 드잡이질 하는 척만 했었단다.

당시 그 이야기를 듣고 서윤은 정호를 바라보며 혀를 찼었다.

"기억난다. 그래서."

서윤의 말에 민기가 말했다.

"우연치 않게 그 패거리랑 또 마주쳤는데… 갑자기 동민이가 그때 이야기 하니까 종윤이 형이 욱해서… 우리가 이번에는 숫자도 많다고……."

"아휴, 이 병신들! 형이란 작자가!"

귀한 연습생인데 얼굴에 기스라도 나면 어떻게 한단 말인가? 더욱이 이번 일이 회사 관계자의 귀에라도 들어간다면 징계를 받을 수도 있다.

이윽고 서윤은 민기의 안내에 따라 시비가 붙었던 장소에 도착했다. 하지만 이미 자리를 옮겼는지 보이지 않았다.

"형, 없나 봐요. 어떻게 해요?"

심성 자체가 선하고 다소 여성스러운 민기어서인지 벌써부터 눈가에 눈물이 그렁그렁 맺혔다.

그 모습에 서윤은 입술을 살짝 베어물며 주위를 둘러보다가 이내 자그만 골목길을 발견하고 그쪽으로 발걸음을 옮겼다.

싸움꾼이었던 서윤이다. 풍부한 경험(?)을 바탕 삼아 어느 장소가 적합한지 정도는 알아챌 수 있다.

그리고 그의 측은 그대로 맞아떨어졌다.

골목길로 접어들기가 무섭게 들려오는 욕설.

서윤은 성큼성큼 그쪽을 향해 발걸음을 옮겼다. 이윽고 골목길 깊숙이 들어와 측면으로 돌았을 때 보인 광경.

정호와 종윤, 동민과 재혁이 무릎을 꿇고 있었고, 그 앞에 거들먹거리며는 세 명의 남자가 있었다.

한눈에 보기에도 두 명은 덩치가 무척이나 컸다. 키는 186인 자신만 했고, 몸무게는 언뜻 보기에도 120 정도는 나가보인다.

그리고 나머지 한 명은 진짜 멸치같이 비리비리해 보였다.

그건 그렇다 치고, 일단 지금의 상황부터 해결하는 것이 우선이다.

"야."

서윤의 입에서 묵직한 한마디가 흘러나왔다.

그와 동시에 세 명의 몸이 서윤 쪽으로 향했다. 그리고 무릎을 꿇고 있던 네 명의 고개 역시 들려졌다.

"서, 서윤아!"

"형!"

정호와 동민이 외쳤다. 그러거나 말거나 깡패들은 서윤을 바라보며 건들거리듯 말했다.

"넌 뭔데?"

하지만 서윤 역시 지지 않는다. 그는 어깨를 으쓱이며 말했다.

"보아하니 나이 좀 쳐드신 양반들인 것 같은데, 새파란 애들 데리고 쪽팔리지도 않수?"

"이 새끼, 넌 뭐냐니까?"

서윤의 말에 발끈한 것일까? 두 명의 덩치 중 한 명이 욕설을 내뱉더니 옷소매를 걷어 올리며 위협했다.

하지만 서윤은 별 관심 없다는 듯, 무릎을 꿇고 있는 철없는 형과 동생들을 바라보다가 눈을 부라렸다.

"아주 잘들 하는 짓이다. 어서 일어나서 이리 안 튀어와!"

움찔움찔!

그럼에도 불구하고 네 명은 좀처럼 움직이지 못했다. 아무래도 자신들을 내려다보고 있는 덩치들 때문이었겠지.

그 모습을 바라보던 서윤이 이죽거리며 말했다.

"이보서, 형씨. 그쪽 네 명은 보내주지?"

"지랄하네. 못하겠다면?"

"안 그러면 형씨들이 조금 아파질 텐데?"

서윤의 말에 덩치 한 명이 성큼성큼 다가오더니 그의 볼을 손바닥으로 툭툭 치며 말했다.

"이 어린노무 자식이 뚫린 입이라고 잘도 지껄이네?"

순간 서윤의 입가에 차가운 미소가 걸렸다.

"형씨가 먼저 친 거야?"

"……!"

서윤의 볼을 쳤던 덩치가 뭐라 말을 하려던 찰나!

뻑!

엄청난 소리와 함께 120킬로그램에 이르는 덩치의 발바닥이 땅에서 50센티 정도 붕 떴다. 그리고…….

쿵!

둔탁한 소리와 함께 덩치가 그대로 땅바닥에 널브러졌다.

그리고 서윤은…….

"별것도 아닌 것이……."

가볍게 손을 털더니 짝다리를 짚고 이제는 둘로 줄어든 형님(?)들에게 손을 까닥였다.

"와."

"이 새끼가!"

서윤의 말이 끝나기가 무섭게 또 한 명의 덩치가 달려들더니 주먹을 붕 휘둘렀다.

하지만 서윤은 여유롭게 피해낸 뒤, 자세를 낮추며 덩치의 품 안쪽으로 파고들었다. 그리고 번개처럼 명치에 주먹을 꽂아 넣었다.

"꺼윽!"

순간 숨이 막혔는지 덩치가 명치를 부여잡으며 바닥을 나뒹굴었다.

단 두 방.

두 명을 보내는 데, 이 전설의 쌈짱은 그것만으로도 충분했던 것이다.

"조절해서 때렸으니 어디 부러지지는 않았을 거야."

그것으로도 모자라 서윤은 상큼한 어조로 힘 조절을 했다고 말하기까지 한다.

그리고 그때였다.

"이놈의 자식! 동민아! 형이 복수해 주마!"

여태껏 비굴하게 무릎을 꿇고 있던 박정호가 득달같이 일어나 마지막 한 명, 그러니까 비리비리한 멸치의 멱살을 틀어쥐고 몇 달 전 월드컵 경기 당시, 시비가 붙었을 때의 상황을 재현(?)했다.

　그런 장면에 김종윤과, 이재혁, 이동민은 일어나는 것도 잊은 채 망연한 표정을 지을 수밖에 없었다.

　그리고 조금 전, 용기를 내서 골목길로 들어와 이 상황을 모두 보았던 이민기 군은 박정호의 추태(?)에 충격과 공포에 휩싸였다.

＊　　＊　　＊

　"으이구, 내가 정말 못산다."

　서윤의 투덜거림에 박정호가 발끝을 내려다보며 면목 없다는 표정을 지었다.

　"연습생이 싸움질이냐? 제정신이야?"

　서윤의 말에 박정호는 머리를 긁적였다.

　"미안하다."

　"형이 돼서 동생들이 좀 욱했으면 그걸 말릴 생각을 해야지. 거기다 그 추태는……."

　서윤의 말에 박정호의 뒤에서 열중쉬어 자세로 고개를 떨구고 있던 떨거지(?) 4인방의 눈동자가 슬며시 위로 올라왔다.

　그들의 시선이 향한 곳에는 박정호의 등이 자리하고 있었다. 그들에게 역시 아까의 박정호의 추태는 충격과 공포였다.

“쓱! 어디서 고개를 쳐들어?”

휙! 휙! 휙! 휙!

물론 그마저도 서윤의 말과 동시에 다시금 바닥을 향해 처박혔지만 말이다.

“면목 없다, 서윤아.”

박정호도 이번만큼은 할 말이 없는지 사과를 해왔다. 그 모습에 서윤은 가볍게 한숨을 내쉬었다.

잠시 눈치를 보던 박정호가 조심스럽게 입을 열었다.

“그것보다 별일 없겠지?”

“뭐가?”

“싸웠으니까. 너나 우리나……”

“이제야 그게 걱정이냐?”

탓하듯 말한 서윤은 가볍게 어깨를 으쓱이다가 푹 한숨을 내쉰다.

“하아~ 알아서 처리했으니까 걱정 마.”

“응?”

“알 것 없어.”

돌연 서윤의 어조에 힘이 들어갔다.

사실 아까 일이 끝나고 연습실로 돌아오는 도중에 형에게 전화를 한 통 넣었다.

다행히, 사정을 설명했더니 납득해 주기는 했다. 하지만—

“알았다. 그 사람들 연락처는 받아온 거고?”

“어.”

“연락처 문자로 넣어줘. 어머니나 연희한테는 알려지지 않게 처리해 주마. 임시로 말이지만.”

뭔가 마지막에 이상한 말이 딸려 들려온 것 같다.

“임시라니? 그건 무슨……?”

“세상은 ‘give&take’ 란다, 동생아. 음… 뭐가 좋을까?”

서윤은 뭔가 불안해진다고 생각했다. 그리고 잠시 뒤, 휴대폰을 통해 청천벽력 같은 소리가 그의 고막을 강타했다.

“그래, 다음 모의고사에서 점수 70점 올려라.”

“마, 말도 안 돼! 혀, 형!”

“못 올리면 엄마랑 연희한테 오늘 일 말한다. 그러면 어떻게 될까? 과연 압수당한 네 오토바이의 운명은? 현금 카드는?”

“형! 형! 잠깐만 네 이야기 좀…….”

“끊어.”

이 빌어먹을 놈의 형은 그렇게 지 할 말만 하고 전화를 끊어버렸다.

현재 180점, 졸지에 70점을 올려야 할 처지에 놓여 버렸다.

빠직빠직!

잠시 잊고 있었던, 아니 차라리 잊고 싶었던 기억이 떠오른다. 그와 동시에 서윤의 이빨이 으득 갈리고, 눈이 차갑게 일그러졌다.

"히익!"

순간 박정호는 혹시나 서윤에게 맞을까 싶었는지 다급하게 무릎을 꿇는다. 그것도 모자라서 손까지 쳐들고 벌 받는 자세를 취한다.

찌질함의 극치를 보여주는 박정호 군의 모습에 서윤은 어이없다는 표정을 지었다.

"아까도 그렇고, 이 양반 정말 무릎 값싸네?"

서윤의 말에 박정호는 힘차게 고개를 끄덕인다.

"당연하지. 양쪽 합쳐서 십 원도 안 해. 심지어 1+1이야."

수치란 단어를 알지 못하는 박정호 군의 말에 서윤은 기가 찬 표정을 지었다.

하지만 박정호의 추태는 아직 끝나지 않았다.

돌연 박정호가 고개를 홱 돌리더니 뒤에 뻘쭘하게 서 있던 김종윤과, 이민기, 이동민, 이재혁를 바라보며 이렇게 말한다.

"뭐하냐, 어서 무릎 꿇고 서윤이한테 사과하지 않고."

동생들의 무릎까지 십 원짜리에, 심지어는 1+1로 만들려는 박정호의 다급한 말!

결국 서윤의 인내심이 임계점을 돌파했다.

"더 이상 못 참겠다. 이리 와!"

"히이익!"

박정호의 동공이 공포로 크게 확장되었다. 그리고 10분 후.

"형, 오셨어요?"

"어, 그래."

연습실로 돌아온 서윤을 맞이한 것은 5명의 졸개(?)였다. 맨 처음 서윤에게 다가온 것은 윤수였다.

"일은 어떻게……."

그 역시 갑자기 들이닥친 민기를 보고 얼마나 놀랐던가?

"뭐, 잘 해결했어."

서윤의 말에 빠돌이 창현이 여느 때와 같이 두 눈을 초롱초롱 빛내며 다가오더니 호들갑을 떤다.

"역시 형님이십니다!"

"어, 어… 그래."

창현의 오버스런 모습에 서윤은 떨떠름하게 대답했다. 그때 윤수가 걱정스러운 표정으로 입을 열었다.

"형, 괜찮은 거죠?"

그래도 동생이라고 형이 걱정되었었나 보다.

"당연하지. 네가 어디 가서 맞고 다니겠냐?"

서윤이 빙긋 미소를 지으며 말했다. 하지만 윤수는 그게 아니라는 표정으로 고개를 내저었다.

"아니요, 그런 뜻이 아니고요."

"그럼 뭔데?"

서윤의 반문에 윤수는 초조한 표정으로 잠시 눈동자를 이리저리 굴리다가 말했다.

"그 깡패들이요. 형, 그 사람들은 괜찮은 거죠?"

"……."

서윤은 입을 쩍 벌렸다.

『나는 아이돌이다』 2권에 계속…

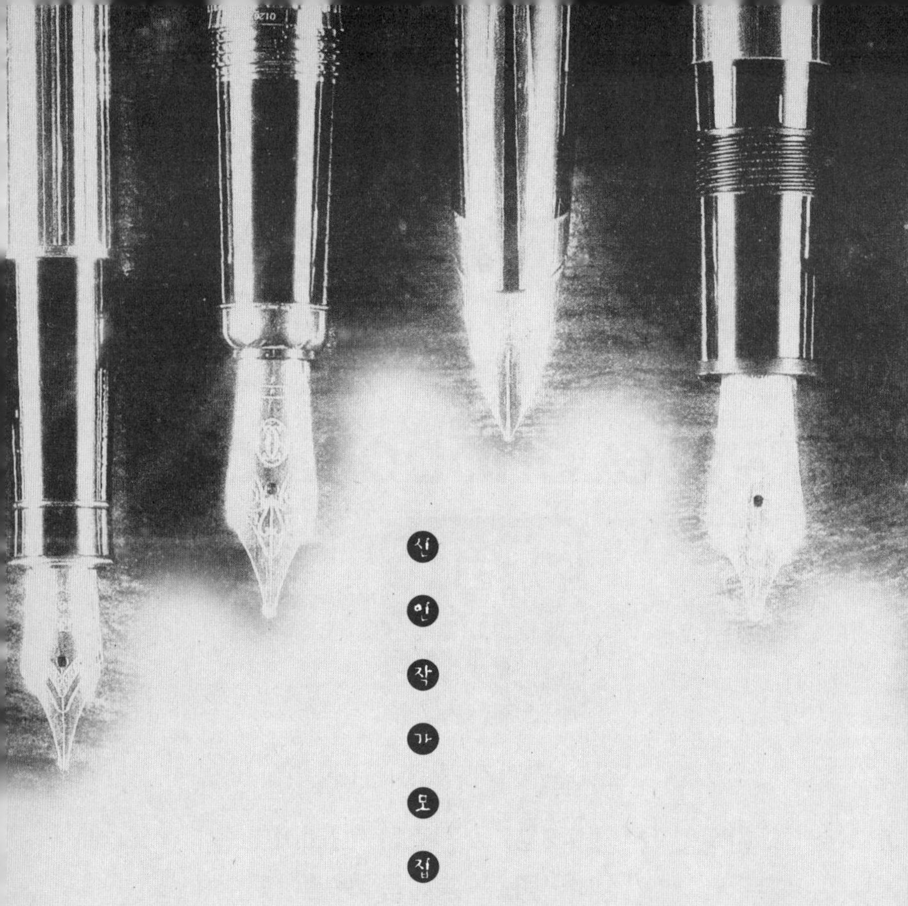
신
인
작
가
모
집

시작이 반이라고 했습니다.
작가의 길에 대한 보이지 않는 벽을 과감히 깨뜨리십시오!
청어람은 작가 지망생 여러분들의
멋진 방향타가 되어드리겠습니다.

저희 도서출판 청어람에서는
소설 신인 작가분들을 모집합니다.
판타지와 무협을 사랑하시는 분들의 많은 참여를 바랍니다.
소정의 원고(A4용지 150매)를 메일이나 우편으로 보내주시면
검토 후 출판 여부를 알려드리겠습니다.

주소:경기도 부천시 원미구 심곡2동 163-2 서경B/D 2F 우편번호 420-822
TEL:032-656-4452 · FAX:032-656-4453
http://www.chungeoram.com
e-mail:chungeoram@chungeoram.com

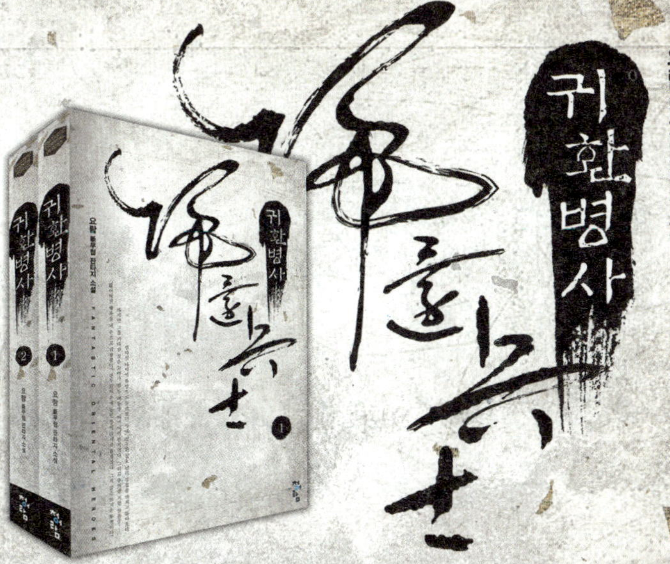